Fritz Pawelzik

Ein Engel im Milieu

R. BROCKHAUS

R. Brockhaus Taschenbuch Bd. 832

Die Verwendung des Titels
»Ein Engel im Milieu« erfolgte
mit freundlicher Erlaubnis des
WDR

Umschlaggestaltung: Carsten Buschke, Solingen
Umschlagfoto: Michael G.O.; Connor, The Image Bank München
Gesamtherstellung: Breklumer Druckerei Manfred Siegel KG
ISBN 3-417-20832-7

INHALT

Meine erste Fahrt mit Schwester Helene

Wir hatten uns verabredet. Als ich vor ihrer Wohnung in einem Schwesternheim am Rande von Köln vorfuhr, war Schwester Helene Siebert schon dabei, ihren Wagen zu beladen. Aus den Einkaufstaschen, die sie zum Auto trug, sahen Traktate, Bibeln, christliche Abreißkalender und illustrierte Glaubenszeitschriften heraus. Später wuchtete sie ihr Keyboard in den Kleinwagen. Ich wollte ihr bei dem sperrigen Gerät helfen, doch sie ging viel geschickter damit um als ich.

Zielsicher und mit festem Schritt bereitete Schwester Helene alles für den Besuch im Eros-Center vor. Ich stand ziemlich überflüssig daneben. Zunächst beobachtete sie mich mißtrauisch. Bestimmt bereute sie es, mich eingeladen zu haben. Sie war sich auch nicht sicher, wie die Frauen im Eros-Center auf den fremden Mann reagieren würden. Doch dann wischte sie diese Gedanken fort, lächelte und bat mich, zu ihr in den Wagen zu steigen.

Schwester Helene trug eine dunkelblaue Schwesterntracht unter ihrem schwarzen Mantel. Ein weißer, gestärkter Kragen schloß das Kleid ab und umrahmte die goldene Brosche ihrer Schwesternschaft. Das Kleid fiel bis zu den dünnen Waden hinunter. Dunkle Nylonstrümpfe verbargen ihre Beine; die Füße ruhten in bequemen, guten Schuhen.

Als ich sie zum ersten Mal traf, war Schwester Helene gerade achtzig Jahre alt geworden. Sicher gibt es Fältchen und Rillen in ihrem Gesicht, doch keiner, der sie sieht, kann sich vorstellen, daß sie so alt ist. Ihr Arzt meint, sie habe die Gesundheit einer Sechzigjährigen. Ihr Schritt ist elastisch und jung.

Ihre herrlichen, rotblonden Haare wellen sich unter dem weißen Schwesternhäubchen. Durch eine Brille blikken meistens freundliche, auf keinen Fall müde Augen jeden Menschen an. »Mein lieber Bruder Fritz«, meinte sie freundlich und bestimmt. »Es ist besser, daß ich dich im Eros-Center so anrede. Dann wissen sie, daß du nichts im

Schilde führst. Vielleicht denken sie, daß du mein leiblicher Bruder bist, oder sie denken gar nichts. Aber daß du zu mir gehörst, wird durch diese Anrede unterstrichen. Du bist ja auch mein Bruder im Herrn.«

Wenn mich sonst jemand so anredet, ist es mir peinlich, und ich versuche, es zu verhindern. Doch Schwester Helene konnte ich nicht widersprechen, sie sagte alles so nett, aber auch bestimmt. Dabei verleugnete sie nicht ihren Hamburger Tonfall, obwohl sie schon seit Jahrzehnten nicht mehr an der Elbe wohnt. Ungewohnt waren für mich auch die frommen Sprüche am Heck ihres Autos, doch Schwester Helene berichtigte mich: »Bruder Fritz, nicht fromme Sprüche, sondern evangelistische Aufforderungen, durch die ich Fernstehende ansprechen will. Diese Worte haben schon oft zu seelsorgerlichen Gesprächen geführt. Das Wort wirkt immer heilend.«

Die Sprüche waren so gewählt, daß sie nicht abstießen, sondern den Leser zum Schmunzeln und Nachdenken brachten. Sie paßten zu Schwester Helene und der Haube im Wagen.

Ehe wir losfuhren, senkte Schwester Helene den Kopf, faltete die Hände und betete um Schutz bei der Fahrt und um viel Liebe und Geduld im Eros-Center. Sie bat auch darum, daß man mich dort einließ. Als sie geendet hatte, war sie sicher, daß man es dem Bruder Fritz gestatten würde.

Sanft, aber sicher fuhr sie los. Sie nahm die Farben der Ampeln sehr ernst und vergewisserte sich jedesmal durch ein nochmaliges Hinsehen, ob es denn nun tatsächlich Grün geworden war, was die hinter uns drängenden Autofahrer zu Stöhnen, Gesten, Hupen und Lichthupen veranlaßte. Doch Schwester Helene winkte ihnen nur fröhlich zu und entschuldigte sich.

Sicher und ruhig chauffierte sie uns durch den immer dichter werdenden Nachmittagsverkehr. Von einer breiten Tangente bogen wir in eine Straße, wo sich Lagerhallen und Schuppen aneinanderreihten.

Ein etwa zehnstöckiger Betonklotz überragte seine

Umgebung. In grellroter Neonschrift glühte EROS CENTER über einem Tunneleingang.

Dieses erotische Angebot paßte überhaupt nicht in die Umgebung, durch die schwere Lastwagen dröhnten, Züge rangierten und der Geruch einer chemischen Fabrik vom Nieselregen in unsere Nasen und Lungen gedrückt wurde.

Wir fuhren auf einen Parkplatz, der reichlich mit Schlaglöchern und Regenwasserlachen versehen war. Überall lagen Abfälle herum. Am Ende des Platzes lehnte eine schiefe Bretterbude, auf der unübersehbar und drohend groß »Parken DM 2,–« stand. Etwas freundlicher wurden auf einem grellen Plakat Pornos und Videos angeboten.

Kaum stand unser Wagen, da schob sich schon ein »Rausschmeißertyp« aus der Bude. Mit seinem massigen Körper und den mächtigen Fäusten drückte er aus: Wer hier nicht zahlt, der wird es nicht vergessen. Der Mann sah aus wie einer, der gerade Streit suchte, doch als er Schwester Helenes Haube entdeckte, strahlte sein Gesicht auf. Sofort kam er zum Auto und half der Schwester, ihre Sachen zum Haus zu tragen.

Auf dem Parkplatz standen die Wagen der Kunden: Luxuslimousinen, Sportflitzer, Lastwagen, der Laster eines Lumpensammlers; ein Leichenwagen war verschämt in die äußerste Ecke bugsiert worden.

In der Bretterbude saß der Kollege des freundlichen Wächters und blätterte gerade in einer Billigzeitung. Den Porno, der gleichzeitig ablief, beachtete er nicht. Dieser Mann stand sofort auf, als Schwester Helene die Bude betrat, um ihn freundlich zu begrüßen. Um die schamlosen Plakate an den Wänden kümmerte sie sich nicht. In mir kamen Ekel und Wut hoch, ich mußte wegsehen.

Doch mitten zwischen diesen Obszönitäten hing einer von Schwester Helenes Abreißkalendern. Ich sah, daß auch das Blatt des heutigen Tages mit der Andacht abgerissen worden war. Es lag auf dem Tisch neben den Butterbroten der Wächter.

Schwester Helene stellte es ebenfalls befriedigt fest und

erklärte den Männern: »In diesem Jahr habe ich schon achthundert Kalender verteilt, und vielen Menschen sind sie zum Segen geworden.«

»Ja, ja«, lenkte der sitzende Wächter ab. »Ist mal was anderes als der Mist hier. Aber ein bißchen fromm sind sie doch manchmal.«

Der Stehende stellte schnell den Porno ab. Schwester Helene erkundigte sich nach ihren Familien und wie die Arbeit so liefe. Der Sitzende seufzte: »Ach, Schwester Helene, nicht mehr so gut wie früher. Der Parkplatz ist ja jetzt halb leer. Früher war das Haus auch bis obenhin voll, doch jetzt sind nur noch drei Etagen belegt. Alle haben Angst vor Aids, die Mädchen auch.«

Schwester Helene nickte und zeigte Mitleid, als der Mann klagte: »Langsam muß ich mich wohl nach einer anderen Arbeit umsehen, aber wer will denn so einen alten Knacker und Zuhälter wie mich?«

Schwester Helene sorgte sich mit ihm. Da sah sie, daß der andere Wächter mich mißtrauisch musterte. »Ach so, ja«, entschuldigte sie sich, »ich habe den Bruder Fritz noch gar nicht vorgestellt.«

Die beiden Männner nickten verstehend, als ob Schwester Helene ihnen meine ganze Lebensgeschichte sympathisch dargestellt hätte. Wen sie mitbrachte, der war okay.

Reger Kundenverkehr

Neben dem Tunneleingang des Eros-Centers hing ein Kondome-Automat. Ein Mann stand davor, warf Geldstücke in den Schlitz und wartete auf die Ware. Doch die fiel nicht in die Lade zum Herausziehen.

Zunächst wartete er noch, dann wurde er ärgerlich, begann auf verschiedene Knöpfe zu drücken und gegen das Blechgehäuse zu trommeln. Doch der Automat gab weder die Ware noch das eingeworfene Geld zurück.

Schwester Helene eilte dienstbeflissen auf den Mann zu. »Das tut mir aber leid«, sprach sie ihn von hinten an.

Der Mann fuhr erstaunt herum, rechnete wohl mit einer Dame aus dem Hause, aber auf keinen Fall mit dem Häubchen einer Schwester. Er starrte sie mit offenem Mund an.

Schwester Helene kramte ein Fünfmarkstück aus ihrem Portemonnaie und gab es ihm: »Damit Sie keinen Verlust haben; aber kaufen Sie sich dafür etwas Schöneres.«

Der Mann nahm verdattert das Geld entgegen, brachte noch nicht einmal ein Dankeschön heraus. Er hatte hier ganz etwas anderes erwartet.

Schwester Helene griff in eine ihrer Taschen, holte eine bunte Glaubensillustrierte heraus und einen christlichen Abreißkalender. »Hier haben Sie Gottes Wort für jeden Tag«, erklärte sie ihm. »In der Zeitschrift stehen auch Geschichten vom ewigen Leben, und Sie können sich die schönen Fotos ansehen. Damit können Sie viel Besseres anfangen als mit diesen Gummidingern hier.«

Plötzlich löste sich der Mann aus seiner Starre, sah die Schwester noch einmal an und zog sich langsam in Richtung Parkplatz zurück. Später lief er fast. Schwester Helene meinte zu mir: »Ich überlege schon, ob ich drinnen sagen soll, daß der Automat nicht funktioniert, aber ich werde es doch nicht tun. Es gehört nicht zu meiner Aufgabe.«

Im und ums Eros-Center herum herrschte reger Männerverkehr. Die meisten schlichen neugierig, aber auch schuldbewußt herum, ehe sie sich hineintrauten. Es gab nur wenige, die direkt in den Tunnel eintauchten. Einige bewegten sich so, als ob sie ein dringendes Bedürfnis zu erledigen hätten.

Ein Taxi fuhr vor und lud eine laute Last von angetrunkenen Kerlen aus. In einem Reisebus formierte sich angriffslustig ein Kegelclub, aber dann zögerten die Insassen doch, ehe sie einige Couragierte vorschubsten.

Schwester Helene nahm sofort diese Gelegenheit wahr

und verteilte Traktate an die verblüfften Ehemänner, denen ihre geplanten Seitensprünge nun doch Gewissensbisse bereiteten.

»Das ist doch nicht die richtige Einstellung zu euren Ehefrauen«, mahnte sie. Verlegenheit entstand, die aber schnell wieder durch Alkoholdunst weggewischt wurde. Alle nahmen Schwester Helenes Literatur schuldbewußt an und verstauten sie schnell, aber ungelesen in ihren Taschen.

Einer rief, aber erst, als Schwester Helene außer Hörweite schien: »Wenn das meine Alte findet, nimmt sie bestimmt nicht an, daß ich hier war.«

In einem anderen Besucher stieg eine Kindheitserinnerung auf: »Die sieht so aus wie unsere Schwester Hedwig im Kindergarten.«

Ein einzelner Türke versuchte abzuwehren: »Ich nix Deutsch sprechen.« Doch Schwester Helene kramte schnell ein Blatt in türkischer Sprache aus der Tasche und reichte es ihm. Ich stand verlegen und wie ein Klotz allen im Weg.

Noch peinlicher wurde es mir, als Schwester Helene einen sehr solide aussehenden Mann am Ärmel festhielt und ihm bedeutete, indem sie mit der anderen Hand auf mich zeigte: »Das ist der Bruder Fritz, der kann viel und spannend erzählen, was er mit dem Heiland erlebt hat.«

Sie sah mich bittend an, doch ich zögerte verlegen, und der Mann machte sich los und verschwand in Richtung Parkplatz, sah sich noch einmal um und war erleichtert, als er feststellte, daß Schwester Helene ihm nicht folgte.

Auch die Männer, die den Besuch im Eros-Center hinter sich gebracht hatten, wurden von Schwester Helene nicht verschont. »Gerade Sie brauchen das Heil«, rief sie ihnen nach, wenn sie flohen.

Einer erzählte beim Herausgehen seinem Kumpan, wie toll er es drinnen getrieben habe. Er lief Schwester Helene genau in die Arme. Erschrocken und erbleichend starrte er ihre Haube an.

Schwester Helene legte ihm ein Sonntagsblatt auf die

Arbeiterhände und bat ihn: »Lesen Sie das, es wird Ihnen gut tun.«

Mitten in den Trubel fuhr ein Taxi vor. Zunächst sah man nur lange, elegante Beine mit hohen Lackschuhen. Dann kam ein Pelzmantel und darüber viele dunkle Haare und eine Woge von Parfüm. Alle sahen zu, und die dazugehörige Dame wußte das. Die Szene erinnerte an die Ankunft eines Filmstars zur Oscarverleihung. Doch dann entdeckte diese Frau Schwester Helene. Sofort vergaß sie ihre Rolle und die Zuschauer und eilte auf sie zu. »Schwester Helene!« rief sie schon von weitem und fiel ihr in die ausgebreiteten Arme.

Sie drückten und küßten sich. Alle Männer waren erstarrt stehengeblieben.

Die Dame bedrängte Schwester Helene, sie nur ja zu besuchen, sie habe sie schon so lange nicht mehr gesehen.

Als sich die beiden voneinander lösten, zogen sich alle Männer zurück, nur ich blieb stehen.

Da entdeckte mich Schwester Helene, winkte mich heran und stellte mich der Dame vor: »Das ist der Bruder Fritz.«

Schnell bekam ich ihre Fingerspitzen ab, und die Männer in der Nähe sahen mich an wie ein seltsames, aber doch eingesperrtes oder verschnittenes Wild.

Auf der Kommandobrücke

Als wir in den Tunnel tauchten, kam ich mir vor wie bei Dante, nur war es nicht klar, ob es in den »Himmel« oder in die »Hölle« ging. Am liebsten wäre ich wieder umgekehrt, ich suchte schon nach einer eventuellen Ausrede.

Von der wenn auch nebligen und verregneten Helligkeit des Tages gerieten wir in ein schwüles Halbdunkel, in das bunte Lichtfetzen aus dem Inneren des Betonklotzes fielen. Ein warmer Hauch aus Parfüm und weicher Salonatmosphäre mischte sich mit der eindringenden rohen Kälte von draußen.

Durch eine breite Glastür sah ich einen Wintergarten mit Palmen und leichtbekleideten Nixen, aber auch eine breite und niedrige Fensterfront über uns, aus der gelangweilt stiernackige Männer sahen: Die Kommando- und Beobachterzentrale des Etablissements.

Wir stiegen dorthin hoch. Eine Tür ohne Griff schloß den Kommandoraum nach außen hin ab. Schwester Helene brauchte nicht die Klingel zu betätigen; schon bevor wir die letzte Stufe erreicht hatten, ertönte der Summer. Wir betraten den abgedunkelten Raum. Von hier aus konnten auch der Flur, die Treppen und der Aufzug beobachtet werden, die ins Haus und zu den Zimmern der Frauen führten.

Ich entdeckte eine Schalttafel mit bunten Knöpfchen, aufleuchtenden Lämpchen, Lautsprechern und Mikrophonen, wie bei einer industriellen Beobachtungsanlage oder einem Mischpult. Es summte, klingelte und leuchtete auf. Über zwei Bildschirme flimmerte das Geschehen im sogenannten Wintergarten und ein leerer Flur mit verschlossenen Türen.

Ich konnte drei kräftige Männer ausmachen, die gelangweilt in ihren Pförtnerstühlen hingen und sich angeödet die Fernseher und den langsamen Betrieb im Wintergarten ansahen.

Man wandte uns nur kurz den Blick zu, als wir eintraten. Schwester Helene bekam ein freundliches Kopfnicken ab, während ich mißtrauisch gemustert wurde.

»Das ist der Bruder Fritz«, erklärte Schwester Helene. Das schien den Männern zu genügen, sie nahmen ihren Blick wieder weg, und einer informierte sie: »Der Michael kommt gleich.«

Unten im Garten der Begegnung, wie der abgedeckte Innenhof offiziell hieß, kam es zu einer leichten Unruhe. Ein Angetrunkener an der Bar weigerte sich, die geforderte Summe zu zahlen. Sofort stand einer von den Männern auf und begab sich an den Ort des Geschehens. Ich sah ihm an, daß er sich mit solchen Angelegenheiten auskannte und die Kräfte und Behendigkeit eines Ringers anwenden konnte.

Ein schmerzhafter Handgriff zwang den Mann vom Barhocker in die Beuge. Sofort holte er das bisher verweigerte Portemonnaie aus seiner Hosentasche und zahlte, vor Schmerz stöhnend. Im Polizeigriff wurde er zu einem Hintereingang geführt und dort hinausgeschmissen. Die beiden Männer von der Bretterbude draußen stellten sich bereit, um einzugreifen, falls der Betrunkene Randale machen und nicht sofort verschwinden würde. Doch der begriff seine Situation trotz seines Alkoholspiegels sehr schnell und verschwand.

Die Männer von der Kommandobrücke hatten angeödet zugesehen; der Rausschmeißer setzte sich wieder auf seinen Stuhl, als ob nichts gewesen wäre.

An den Wänden der Kommandobrücke hingen zwar auch obszöne Plakate, doch sie waren etwas weniger geschmacklos als jene von der Bretterbude. Aber auch hier hing einer von Schwester Helenes Kalendern. Das heutige Blatt war abgerissen worden. Einer der Männer bemerkte unsere Blicke und versuchte sich gewissermaßen damit zu entschuldigen, daß er uns informierte: »Der Michael macht das immer.« Schwester Helene nickte mit einem Lächeln. Sie begab sich in ein hellerleuchtetes Nebenzimmer, in dem der Chef vom Dienst residierte. Wie seine Männer, so war auch er mit schwarzem Leder bekleidet. Doch überall glitzerte massives Gold, an den Fingern, um den Hals und zwischen den Zähnen. Er stand sofort auf, um Schwester Helene zu begrüßen. Nach der Vorstellung bekam auch ich einen Händedruck und ein überlegenes Lächeln ab. Er hatte mich als Schwester Helenes braves, unschuldiges Lämmchen katalogisiert.

Er entschuldigte sich sofort bei ihr, daß er leider keine Zeit zu einem Gespräch habe: ». . . wissen Sie, seit Aids bekannt ist, hat der Besucherstrom sehr nachgelassen, um so mehr müssen wir uns anstrengen, wenn sich das Haus mal so füllt wie heute.«

Er sprach sachlich wie ein Geschäftsmann, der Schuhe oder Anzüge verkaufte. Mir fiel auf, daß er Schwester Helene sehr oft mit ihrem Namen und ihrer Dienstbezeichnung anredete, wie die anderen auch, denen ich noch begegnete. Sie schienen stolz darauf zu sein, sie persönlich zu kennen, und drückten damit auch ihre Wertschätzung aus.

Seine Wand hatte sich der brillantinierte, kleine Herr mit Edelpornos bebildern lassen. Kein Abreißkalender, stellte ich fest. Auch die angebotene Glaubensillustrierte von Schwester Helene nahm er nicht an. Er gab vor, keine Zeit zu haben. Suchte dann aber seine Abweisung abzumildern, indem er bedauerte: »Ich habe wirklich keine Zeit, Schwester Helene, ich komme noch nicht einmal dazu, die Bildzeitung zu lesen.«

Dann erschien der schon erwähnte Michael auf der Kommandobrücke. Als er Schwester Helene erblickte, mischten sich auf seinem rot anlaufenden Gesicht Freude und auch ein bißchen Scham den Kollegen und dem Chef vom Dienst gegenüber. Ein mächtiger Riese mit einem Kindergemüt, von der Völlerei aus den Fugen geraten.

Schwester Helene umarmte ihn, wie eine kleine Mutter ihren großen Sohn.

Die Kollegen standen auf und zogen sich in den Hintergrund des Raumes zurück, als Schwester Helene und Michael sich in die Sessel setzten.

»Wie geht es dir, Michael?« fragte Schwester Helene ihn wie eine Mutter ihren Sohn bei einem Besuch in seiner Wohnung.

»Gut, gut«, antwortete er schnell.

»Liest du auch deine Bibel?« bemutterte sie weiter.

»Ja, doch«, antwortete er etwas stockend und mit einem kurzen Blick auf die Kumpels im Hintergrund.

Es war ihm alles etwas peinlich. Er hätte sich am liebsten eine Zigarette angezündet, doch er traute sich nicht. Stattdessen biß er an den Fingernägeln herum. Die Zigarettenpackung und den überquellenden Aschenbecher versuchte er zu ignorieren.

»Willst du hier nicht bald heraus?« fragte Schwester Helene ihn schärfer.

»Eigentlich schon«, antwortete er, »aber ich weiß nicht wohin. Wer will denn so einen wie mich? Hier kann ich wenigstens was, hat auch der Chef gesagt.«

»Das ist ja schön, daß er so von dir denkt«, baute Schwester Helene Michael wieder auf. »Aber auf die Dauer ist es doch besser, wenn du hier wieder herauskommst.«

Michael nickte wie ein braver Sohn. Rührend war das und ohne jede Mache. »Ich versuch's ja«, setzte Michael wieder an. »Ich lese auch alles, was du bringst, und die Bibel.«

Schwester Helene nickte dankbar und legte ihre Hand auf den nackten Arm des starken Mannes.

»Und die Mädchen holen mich auch, wenn einer ihnen an die Wäsche will.«

Auch darüber freute Schwester Helene sich. Was sich sonst noch auf der Kommandobrücke befand, schien vergessen zu sein.

Nach einer Pause fragte Schwester Helene bestimmt, aber doch zurückhaltend: »Sollen wir miteinander noch beten?«

»Bitte«, antwortete Michael.

Sie senkten die Köpfe.

Schwester Helene betete. Ich hörte, wie Michael schnaufte. Keiner von den Männern sagte ein Wort. Sie ließen ein Telefon klingeln, bis Schwester Helene »Amen« sagte.

Im Schlafgemach des Erotik-Direktors

Schwester Helene sprach noch einmal den Chef vom Dienst an: »Ich möchte den Herrn Direktor sprechen, ist das wohl möglich?«

Abweisend sah der beschäftigte Unterboß auf: »Ich glaube kaum, daß er sich heute stören läßt. Es hat einigen Ärger gegeben. Aber weil Sie es sind, werde ich es versuchen.«

Er wählte, entschuldigte sich unterwürfigst für die Störung und gab den Grund für die Störung so an, daß der Herr Direktor nur ein »Nee« zu brummen brauchte, und er, sein Abschirmer, würde diese fromme Frauensperson schon loswerden.

Plötzlich sah er erstaunt auf, fing sich aber schnell und

sprach so, als ob er es gerade noch hatte arrangieren können. Leutselig verkündete er Schwester Helene: »Na ja, Sie dürfen hochfahren, aber halten Sie den Herrn Direktor bitte nicht zu lange auf.«

Obwohl ich gar nicht erwähnt worden war, nahm Schwester Helene mich mit.

Dem Herrn Direktor unterstanden mehrere Erosbetriebe, er residierte in einem Luxusbungalow im Villenvorort der Stadt, wohnte manchmal auch im Penthouse über dem Eros-Center und verbrachte mehrere Monate im Jahr in seinem Ferienhaus in der Karibik. Ein winziger Inselstaat auf den karibischen Inseln hatte ihn zum Ehrenkonsul ernannt. Er durfte diesen Titel führen, war als Diplomat akkreditiert, besuchte die Festlichkeiten des diplomatischen Corps, wurde von der Bundesregierung entsprechend eingeladen und zierte mit dem Wappenschild des Staates seinen Bungalow. Aber am Eros-Center hatte er dieses imposante Blechschild dann doch nicht anbringen lassen.

Mit einem Spezialaufzug fuhren wir zum Penthouse des Herrn Direktors hoch. Als sich die Lifttür öffnete, versperrte uns ein massives Scherengitter den Ausgang. Eine Fernsehkamera musterte mich mißtrauisch. Ich kam mir vor wie in einem James-Bond-Film.

Plötzlich öffnete sich das Gitter wie von Geisterhand, und auch die schwere Tür zum Appartement. Über einen flauschigen, weichen Teppich schritten wir durch den Korridor und standen im Salon dem mächtigen Herrn gegenüber. Auch wie im Kino.

Aus einem Ungetüm von einem Managersessel aus Chrom und weißem Leder erhob sich ein leicht gealterter Playboy und verneigte sich respektvoll vor Schwester Helene.

Auch er war schwarz gewandet, wie seine Untergebenen, doch statt Leder trug er leichte, glänzende Seide. Darüber hing eine weiße, rotgefütterte Modelljacke. Seine kleinen Füße steckten in federleichten Pantoffeln aus Krokodilleder.

Gold klirrte überall an ihm, an Handgelenken, manikürten Fingern und auf der behaarten Brust. Seine Haut war braun getönt. Ich nahm an, daß die Farbe nicht nur aus der Karibik stammte, sondern auch von einem teuren Sonnenstudio.

Auf seinem Schreibtisch aus Glas und Chrom lag nur ein üppig bebildertes Herrenmagazin. Er schloß es und kehrte es so um, daß nicht das nackte Titelgirl, sondern nur die Whiskyreklame von der Rückseite zu sehen war.

Mit sanften und erprobten Umgangsformen, die er für seinesgleichen reserviert hatte, kam er um seinen Managertisch herum und bot uns Platz in den weißen Ledersesseln an.

Auf seinen leicht kritischen Blick zu mir hin stellte Schwester Helene mich vor: »Das ist Bruder Fritz.«

»Sehr angenehm«, schwang sich der guterzogene Herr Direktor über die leichte Hürde. Einer, der mit Schwester Helene bei ihm erschien, konnte wohl nichts Böses andeuten.

Der Herr hatte bestimmt schon die Fünfzig erreicht, doch gab er sich wie ein erfolgreicher Jungunternehmer aus der Junior Executive Chamber. Er duftete nach teuerstem After-shave und Deo. Diese Düfte waren genau auf seine Erscheinung abgestimmt. Obwohl sich seine Haare schon lichteten und bestimmt grau wurden, hatte ein geschickter Coiffeur sie so gelegt und getönt, daß der forsche, jugendliche Eindruck noch verstärkt wurde.

Der Salon stellte eine Mischung aus Nobelhotelempfangshalle, Karibikbar und Herrenclubatmosphäre dar. Möbel aus Chrom und Ebenholz standen an den weißen Wänden, über die schwarzen Teppiche liefen rote Muster. Sanfte Karibikmusik, gespielt aus leeren Öltonnen, wehte aus verdeckten Lautsprechern durch den weiten Raum. Ich mag diese Musik sehr, obwohl sie eher in die engen Gassen und an die heißen Strände von Jamaika paßt. Ich sagte ihm das, und es brachte mir einige Pluspunkte ein.

Der Playboy schien auch Bodybuilding zu betreiben. Sein Bizeps und die breiten Schultern füllten fast die legere Jacke aus.

Ein riesiges Fenster, das vom Boden bis an die Decke reichte, ließ mich einen Blick über die Stadt unter uns werfen. Die Tapete gegenüber zeigte den Strand »seiner« karibischen Insel.

Nachdem wir zu den Sesseln geleitet worden waren, blieb Schwester Helene auf dem harten Röhrenrand sitzen und hielt ihre Tasche fest an die Brust gepreßt. Ich spielte den Lebemann und ließ mich so tief ins Leder gleiten, als ob ich jeden Abend darin hocken würde.

Schwester Helene seufzte; sie hatte dem Direktor einen Brief geschrieben. Eine Fernsehgesellschaft, genauer gesagt eine freiberufliche Journalistin, wollte für diese Gesellschaft einen Film über ihre Arbeit drehen. Schwester Helene hatte ihn um Erlaubnis gebeten, in seinem Haus drehen zu lassen.

»Schwester Helene«, kam er sofort ernst zur Sache, »das kann ich nicht zulassen. Damit würden Sie Ihre Arbeit und das Vertrauen meiner Mitarbeiterinnen untergraben. Sie haben es mühselig aufgebaut, und wenn Sie nun ihre Lebensverhältnisse in die hämische Öffentlichkeit zerren, werden diese Frauen nie mehr für Sie zu sprechen sein. Viele von den Mitarbeiterinnen haben Ihnen ihr Herz ausgeschüttet, Ihnen alles Private und Intime erzählt, und nun soll es in der Öffentlichkeit breit ausgestrahlt werden.

Schwester Helene, ich möchte nicht, daß meine Mitarbeiterinnen in der Öffentlichkeit bloßgestellt und als Huren beschimpft werden. Sie kennen ja meine Einstellung. Ich sehe diese Angelegenheit hier rein beruflich, als eine Art, mein Geld zu verdienen. Ich habe mit den Einzelheiten, die von den Damen dort unten getan werden, nur rein geschäftlich zu tun, ich meine mit den Abrechnungen, und sonst nichts. Sie sind alt genug, zu wissen, wie weit sie gehen können, das geht mich nichts an.

Wenn man mein Einkommen als unmoralisch verurteilt, dann müßte man es auch mit dem der Wirte und anderer Geschäftsleute tun. Jeder, der Geld von einem anderen Menschen nimmt, wäre damit unmoralisch. Wenn man da weitergeht, müßte man eine Gesellschaft ohne Gewinn schaffen, und ohne den gäbe es keinen Fortschritt. Wenn man konsequent in dieser Einstellung sein wollte, müßten wir vom kapitalistischen System weg, aber wir wissen doch auch, wie unmoralisch die kommunistischen Systeme waren.«

Er verteidigte sich, aber ich hatte den Eindruck, es ging ihm wirklich auch darum, Schwester Helenes Arbeitsmöglichkeiten zu erhalten.

Schwester Helene hörte aufmerksam, verständnisvoll und mit gefalteten Händen zu. Dann unterbrach sie ihn: »Herr Direktor, ich verstehe Sie schon, ich habe auch den Leuten vom Fernsehen gesagt, daß ich verstehen würde, wenn Sie ihnen die Dreherlaubnis nicht geben würden . . .«

Der Herr Direktor fühlte sich verstanden. Zu einem späteren Zeitpunkt gab er dann doch die Erlaubnis, diesen Film zu drehen. Doch an diesem Nachmittag wehrte er sich noch dagegen. Er beschwor Schwester Helene: »Sie wissen doch, wie ich Ihnen freie Hand lasse, wie ich Ihre Arbeit unterstütze. Mir liegt sehr daran. Sie können hier tun, was Sie wollen . . .«

Schwester Helene unterbrach ihn und stellte nach einem Blick fest: »Aber meinen Kalender haben Sie doch nicht aufgehängt.«

Er sah sie überrascht an und antwortete genauso impulsiv, wie sie ihn gefragt hatte: »Aber bitte, Schwester Helene, der paßt doch absolut nicht in den Stil und das Ambiente meiner bescheidenen Wohnung. Ich habe ihn meiner kleinen Tochter geschenkt, die bei meiner geschiedenen Frau lebt.«

»Sehr schön«, fand Schwester Helene, »aber ich gebe Ihnen jetzt noch einen persönlich für Sie. Den können Sie aufhängen, wo Sie wollen. Hauptsache, Sie sehen ihn.«

Der Herr Direktor lächelte überrascht, verteidigte sich dann aber weiter: »Ob Sie es glauben oder nicht, aber Ihre Bibel liegt bei mir auf dem Nachttisch neben meinem Bett. Ich sehe es Ihrem Gesicht an, Sie glauben es mir nicht, aber überzeugen Sie sich selbst.« Er stand auf und führte Schwester Helene zu seinem Schlafgemach.

Schwester Helene sah mich kurz an. Mit einem Blick bedeutete sie mir, daß sie so etwas sonst nie tat, doch hier gehe es wohl um das Seelenheil eines Menschen, und es sei auch gut, daß ein Bruder dabei sei.

Der Herr Direktor zog eine breite Flügeltür auf, und vor uns öffnete sich ein mächtiges Schlafgemach. So etwas Ähnliches hatte ich einmal in einem Hollywood-Film auf Breitwand gesehen. »A Star ist born«, hieß er; Judy Garland führte James Mason dort hin. Dieses hier war ebenfalls ein riesiges Zimmer, fast so groß wie der Salon; es glich eher einer römischen Therme im Hollywood-Stil als einem Schlafzimmer. Direkt vom Bett aus, ohne Tür, war ein Schwimmbecken mit Duschanlagen zu erreichen.

Eisbär- und Zebrafelle lagen aus. Auf dem Bett hätte eine ganze Pfadfinderschar mit ihren Muttis Platz gefunden. Der Chrom überall hätte auch an einen Rolls-Royce gepaßt. Die Tapetenwand über der breiten Liegewiese nahm das Porträt einer karibischen Badeschönheit ein. Über schneeweißem Muschelsand schwebten ihre Schritte, und sie lächelte wie ein Engel von Bellini. Ihr Bikini lag so knapp an wie das Rouge auf ihren Lippen und der Lidschatten.

Verdeckte Lautsprecher flüsterten zu andern Zeiten betörende Musik ein, und der Fernseher, der eine größere Gesellschaft bedienen konnte, wurde von Videotürmen eingerahmt.

»Die Karibik ist mein Traum«, erklärte der Direktor seine Tapete mit einer Handbewegung. »Dorthin fliehe ich, so oft ich kann. Es ist da so schön wie im Paradies.«

»Nein, nein«, protestierte Schwester Helene sanft, aber bestimmt. »Das Paradies ist so, wie Gott es will, aber nicht so, wie wir es uns vorstellen.«

Der Herr Direktor verstand sie und versuchte seinen Lapsus zu entschuldigen. Er legte seine manikürte Hand mit sehr viel Gold auf ihren Arm und sagte besänftigend: »Ich weiß, Schwester Helene. Sie sind ein Engel. Sie kommen aus einer anderen, besseren Welt, nach der ich auch manchmal Sehnsucht habe. Darum habe ich auch neben meinem Bett Ihre Bibel liegen.«

Ich sah sie tatsächlich auf dem Nachttisch liegen, mit einem Lesezeichen, das er irgendwo im Neuen Testament eingelegt hatte.

»Ja, das ist schön«, gab Schwester Helene zu, »aber es ist nicht meine Bibel, sondern die unseres gemeinsamen Herrn Jesus Christus.«

Bewegt führte uns der Herr Direktor in seinen Salon zurück. Er öffnete seine Bar, doch Schwester Helene bat um Mineralwasser. Ich hätte gerne einen Whisky gehabt, doch mir fiel leider ein, daß ich noch Autofahren mußte. So blieb ich auch bei Mineralwasser. Dann kam der Manager wieder zu seinen Geschäften zurück, die nicht mehr so gut gingen. Aids wirkte sich aus.

Schwester Helene hörte aufmerksam und verständnisvoll zu. Sie hatte sich so sehr auf ihn und seine Probleme eingestellt, daß sie vergaß, womit er sein Geld verdiente.

Doch dem Direktor wurde es plötzlich deutlich, und er brach schnell sein Lamento ab: »Es tut mir leid, daß ich Sie nun auch noch damit behellige.«

»Das macht nichts«, antwortete Schwester Helene. »Ich höre doch gerne zu. Das ist mein Beruf. Sie sind auch ein Mensch, den Gott lieb hat und dem er gerne helfen möchte.«

Damit hatte der Direktor wohl nicht gerechnet. Sein Gesicht verwandelte sich, es wurde zu dem eines kleinen Jungen, der zu seiner Mutter aufsah.

Schwester Helene erhob sich. »Ich muß zu den Frauen, sie warten auf mich. Aber ich komme wieder«, versprach sie.

»Bitte«, bat er. Er nahm mit seinen beiden Händen Schwester Helenes Hand. Dann läutete das Telefon. Schnell nahm er den Hörer ab, horchte kurz hinein und fuhr einen Mitarbeiter hart und drohend an. Das Geschäft hatte ihn wieder eingeholt. Brüsk verabschiedete er uns: »Es tut mir leid, ich habe zu tun. Ärger. Man kann sich auf keinen mehr verlassen. Ich muß den Kerl rausschmeißen.«

»Ach, diese Menschen«, seufzte Schwester Helene im Aufzug. »Wenn sie doch endlich begreifen würden, daß der Vater sie alle lieb hat und Jesus sie retten will.«

Gemütliches Kaffeetrinken in der Betriebskantine

Wir fuhren in den Keller hinunter, wo sich die Kantine für das Personal und die Bewohnerinnen des Hauses befand. Mehrere Schilder wiesen darauf hin, daß das Betreten für Unbefugte strengstens verboten sei. Von der Kommandobrücke aus konnten Kantine und Zugänge durch einen Fernseher beobachtet werden, und die Leute von dort griffen sofort ein, wenn sie einen Fremden hier entdeckten. Die Kantine sollte ein Freiraum hauptsächlich für die Frauen sein, in dem sie sich so geben konnten, wie sie wollten.

Schon auf dem Gang drangen uns die Gerüche und Geräusche entgegen: Kaffee, Pommes, Süßes, Tellergeklirr, das Rauschen einer Spülmaschine und das Gluckern und Kratzen einer mildtätigen Musik-Band. Aber es mischte sich auch der Duft von starkem Parfüm dazwischen.

Durch eine offene Tür konnten wir in die kleine Küche und zur Anrichte sehen. Zwei ältere, fleißige Hausfrauen hantierten dort. Sie gaben diesem Raum und ihrer Arbeit mit einem Lächeln und geträllerten Liedchen eine familiäre Atmosphäre. Ihre weißen Clogs und Kittel und die üblichen, eilfertigen Bewegungen ließen sie zunächst als normale deutsche Hausfrauen erscheinen. Erst als ich näher hinsah, entdeckte ich, daß sie doch anders waren. Die üppigen Frisuren erinnerten an Schäferstündchen im Rokoko. Lippen und Augen waren zu grell bemalt, und sie trugen zuviel Gold und anderen Klimbim für die Küche. Auch war auffällig, daß diese beiden Frauen, obwohl sie noch keine vierzig sein konnten, schon ein Gebiß trugen. Die übliche Krankheit vieler Damen in diesem Gewerbe: fehlende Zähne.

Später erfuhr ich von Schwester Helene, daß sie diese Frauen schon aus der alten Bordellstraße kannte, wo sie einschlägig tätig gewesen waren.

Die beiden Frauen gingen sehr fröhlich und schnell ihrer Arbeit nach. Das war auffällig: nicht die üblichen mürrischen Gesichter einer unterbezahlten Kantinenbesatzung. Als sie Schwester Helene entdeckten, kamen sie auf sie zugeflogen, trockneten sich im Laufen die Hände an ihren Kitteln ab und umarmten und küßten von zwei Seiten die lächelnde Schwester. Danach mußte sie ein neu erworbenes Küchengerät bewundern. Ich wurde draußen stehengelassen, wie ein Schnorrer, der auf eine kleine Gabe aus der Küche wartete.

Ich kam mir schon fast wie eine Schwester Fritz vor, nur daß das Häubchen auf meinem Kopf fehlte, aber Vorstellen konnte ich es mir schon. Meine männliche Ehre wurde leicht angeknabbert; ich versuchte mich damit zu beruhigen, daß ich ja aus dieser Position heraus alles sehr viel besser beobachten konnte.

Die Geschäftigkeit und die Fürsorge der Frauen in der Küche erinnerte mich an die Kaffeefrauen der evangelischen Frauenhilfe, wenn die sich an bestimmten Nachmittagen trafen.

Aber als wir dann die Kantine betraten, änderte sich das Bild sensationell. Zwar klang es noch nach einem gemütlichen Kaffeeklatsch, und es roch nach starkem Kaffee, mit leichtem Zigarettengeruch untermischt, doch ich blieb erschrocken stehen.

Dutzende von Frauen saßen an den Tischen, aber so, wie sie aus dem Garten der Begegnung und aus ihren Betten gekommen waren, und wie sie gleich wieder zu den Männern eilen würden. Ich kam mir wie ein kleiner Junge vor, der in einen Traum von Erwachsenen geraten war. Gebräuntes Fleisch überall. Lippenstift in allen Farbvariationen. Goldenes Geklirre an Ohren, Armen und auch Fesseln erfüllte den Raum wie beim letzten Einkaufssonntag vor Weihnachten in einem Kaufhaus.

Alle rauchten sehr viel und schnell. Die Aschenbecher

quollen über. Unter den eleganten, aber auch aufreizenden Parfümgeruch mischte sich die sachliche Nikotinbeize.

Schuhe und Stiefel aller Macharten wurden von nackten Füßen gewippt oder lenkten den Blick auf raffinierte Netzstrümpfe. Manche müden Füße wurden aber auch einfach hochgelegt. So schnell bekam ich das alles nicht sortiert, wie es hier steht. Ich wurde an die Oper »Tannhäuser« von Wagner erinnert, die ich als Schuljunge gesehen hatte. Die Szene im Venusberg hatte ich damals zunächst nicht begriffen, bis mir dämmerte, daß dort etwas aus der Fantasie der Erwachsenen dargestellt wurde, was nicht so sein sollte. Damals wollte ich schon voller Scham aus dem Opernhaus laufen, aber danach wurde es dann ja gesitteter in der Oper.

Schwester Helene bemerkte meine Verwirrung. Es war zuviel Fleisch zu sehen, und ich war ja nicht nur der Bruder Fritz, sondern auch ein Mann. Sie bemerkte - und damit traf sie mich voll in die Magengrube meiner Eitelkeit: »Gut, daß du nicht mehr so jung bist, lieber Bruder Fritz. Sonst hätte ich dich auch gar nicht mitgenommen.«

Bruder Fritz bemüht sich, ein solcher zu sein

Zuerst stand ich noch herum, hielt die Taschen in den Händen und das Keyboard unter dem Arm, während Schwester Helene von Tisch zu Tisch zog und alle Frauen begrüßte und küßte. Ich kam mir dabei ziemlich dämlich vor, so wie einer, den die Leute »Bruder Fritz« oder »Onkel August« nennen. Dann suchte ich nach einem freien Stuhl, von wo aus ich den ganzen Vorgang beobachten konnte. Ich fand einen leeren Platz an der Wand, leider nicht in der Ecke bei Schwester Helene, und mir wurde von einer Küchenfrau Kaffee und Kuchen serviert, während die anderen Gäste sich selbst bedienen mußten. Ich wollte zahlen, doch die Serviererin lehnte ab: »Das wäre ja noch schöner, wenn Schwester Helene und ihr Gast zahlen müßten.«

Die Frauen bewegten sich ganz ungezwungen. Sie zogen ihre engen Schuhe und Stiefel aus, malten ihre Lippen und Lider nach, zerrten an den Büstenhaltern und knappen Höschen, probierten im Spiegel einige Animiermimiken aus. Mit einer brennenden Zigarette schräg im Mund, wie Marlene Dietrich, und Augenblinzeln, wie kleine Mädchen beim Jungscharspiel.

Schwester Helene, uniformiert und zugeknöpft in ihrer Tracht, schien sich überhaupt nicht an der Nacktheit der Frauen zu stören. Jede Dame wurde von ihr wie die eigene Schwester behandelt. Ihre Umarmungen und Küsse waren keine Routine, sondern sie drückten ihre Freude aus, die Frauen wiederzusehen. Die spürten das und freuten sich auch. Endlich mal eine, die sie mochte und nicht etwas haben wollte.

Schwester Helene nahm sich Zeit für jede ihrer Freundinnen. Sie setzte sich zu ihnen an den Tisch, fragte nach dem Ergehen, hörte interessiert zu, brachte dann aber auch ihre frohe Botschaft an. Man brauchte diese gar nicht zu hören, ich sah es ihrem Gesicht an, daß sie etwas Nettes zu ihren Zuhörerinnen sagte, und die hörten aufmerksam zu.

Da betrat eine elegante, wenn auch schon leicht ausgezogene Dame die Kantine, die sich unter ihren Schritten in einen Salon verwandelte. Ich hörte an ihrem weichen Dialekt, daß sie eine Wienerin war.

Ihre langen, dunklen Haare hatte sie sorgfältig gelegt und wohl stundenlang gebürstet. Ihr Schmuck war teuer und dezent. Das Make-up hatte sie ihrer Sonnenbräune angeglichen. Nichts drängte sich ordinär auf. Ihre knappe Kleidung wurde unter einer golden schimmernden Stola leicht verhüllt.

Sie rauchte wie eine Dame, die weniger den Rauch genießt, als vielmehr das ganze Zeremoniell drum herum. Wie sorgfältig und in Vorfreude sie die Packung öffnete, die Zigarette mit ihren langen Fingern entnahm, sie graziös an den Mund führte, sie auch nicht losließ, und sich dann genüßlich Feuer gab!

Nachdem sie die halb gerauchte Zigarette wieder sorgfältig gelöscht hatte, aß sie ihren Yoghurt, wie andere am Kaviar naschen. Neben ihr nahm eine kühle, blonde Schönheit Platz. Beide wirkten reifer als all die anderen in der Cafeteria. Sie hielten auch Abstand zu ihnen. Mich hätte es nicht gewundert, wenn sie sich über Sartre oder Grass unterhalten hätten. Mit ihren Tischsitten paßten sie in jedes Luxushotel.

Es waren übrigens die einzigen Frauen, die auch zu Schwester Helene einen etwas kühleren Abstand hielten. Beide steckten ihr einen Fünfzigmarkschein zu. Als Schwester Helene protestieren wollte, mahnte die Dunkle: »Das ist doch von uns für die Frauen, die es nötig haben.«

Seufzend erhob sich die Wienerin: »Der Herr Direktor geruht, empfangen zu werden.«

»Schnucki?« fragte die Blonde.

»Wer sonst am Mittwoch?« antwortete Wien.

Eine im Pantherlook trat auf wie ein Raubtier. Sie hing sich bei einer Freundin ein und sprudelte los: »Also so ein Bescheuerter! Der dachte, ich hätte schon seit Weihnachten wie zu einer Bescherung auf ihn gewartet. Alles hab ich mit dem gemacht, und zum Schluß wollte er noch Nachlaß haben, weil er stempeln ging.« Beide lachten.

Eine Frau trug ein enganliegendes Trikot, das in der Form einem Badeanzug glich.

Eine Ordinäre stelzte durch den Saal, stieß mich am Rücken mit ihrem Hintern an, blies mir den Rauch ihrer Zigarette ins Gesicht, stülpte mir den Geruch ihres frechen Parfüms über und gab zu verstehen, daß sie jederzeit zu haben sei.

Ich fing an, mich zu amüsieren, Helena in jeder Frau zu sehen. Schwester Helene und ihren Auftrag vergaß ich ganz. Doch plötzlich stand sie neben mir: »Bruder Fritz, bitte bete für die Frauen und mich, daß die frohe Botschaft gehört und verkündigt wird. Das hilft dir dann auch.« Und ehe ich etwas stottern konnte, saß sie schon wieder an einem anderen Tisch.

Plattfuß in Afrika und Erika aus Castrop-Rauxel

In einer Ecke der Kantine stand ein Fernseher. Dort schlug Bud Spencer gerade die Haremswächter in einem Serail zusammen. Der Koloß und Dickwanst aus Italien und Hollywood befreite Sklavinnen aller Schattierungen aus ihrer miesen Lage.

Ich mag den Blödsinn dieser Filme, er lenkte mich auch von den Versuchungen um mich herum ab. Wenn die Spannung auf der Glitzerfläche nachließ, beobachtete ich wieder die Damen, die kamen und gingen. Sie benahmen sich wie Arbeiterinnen, die über ihren Laden seufzten, wie es ganz normale Werktätige tun.

Doch dann geriet Plattfuß in eine fast aussichtslose Situation, und ich war wieder dabei. Ich bemerkte gar nicht, daß sich eine Frau an meinen Tisch gesetzt hatte.

Plötzlich sprach sie mich an: »Na, der Bud Spencer scheint für den Bruder Fritz ja interessanter zu sein als all die Verführungen hier.«

Ich sah ertappt auf.

Sie schätzte mich überlegen ab: »Aber so ein richtiger Bruder Fritz scheinst du ja auch nicht zu sein.«

Ich suchte nach einer Antwort, die ich aber nicht fand.

Sie fuhr fort: »Oder ist es nur ein Trick, das mit dem Bruder Fritz? Die Schwester Helene könnte doch ganz gut deine Mutter sein.«

»Schwester Helene nennt mich so«, versuchte ich mich zu entschuldigen. »Ich bin hier nur so mitgekommen.«

»Ich heiße Erika«, stellte sie sich vor, »und auf die Schwester Helene lassen wir nichts kommen. Sie ist unsere gute Seele, ohne sie hätten wir keine. Die liebt uns, obwohl es die Liebe gar nicht mehr gibt. Und wir lieben sie auch. Sie kann mit uns alles machen, und wir glauben ihr alles. Sonst glaube ich keinem Menschen ein Wort. Vielleicht sagst du auch die Wahrheit, wenn du aus einem Kloster kommst. Was machst du hier?«

»Ich möchte ein Buch über Schwester Helene schreiben«, erklärte ich ihr. »Und uns schlecht machen«, fuhr sie mich an. Sie musterte mich noch mißtrauischer.

»Nein, nein«, protestierte ich.

»Ich müßte auch mal ein Buch schreiben«, sinnierte sie, »aber keiner würde es glauben. Vielleicht schreibst du auch mal ein Buch über mich, aber ich bin nicht so fromm wie die Schwester Helene, ich bin noch nicht einmal eine ehrbare Dirne.«

»Aber du bist eine interessante Frau«, gab ich an.

»Ein kleiner Schmeichler bist du auch«, lachte sie. »Ich kann dir aber auch viele Sachen zeigen, von denen du noch nicht einmal geträumt hast.« Sie sah mich betörend an, mit all der Routine, die sie besaß. Doch plötzlich wurde ihr Gesicht ganz ernst. »Nein, nein, das tue ich nicht. Einen Bruder Fritz von der Schwester Helene verführe ich nicht, der muß ja ihr Keyboard tragen und die lieben Bücher.«

Hilflos saß ich neben ihr.

»Nun laß man gut sein, Junge«, tröstete sie mich, obwohl sie viel jünger war als ich. »Ich tu dir schon nichts.« Sie sah mich wie eine Schwester an. Doch plötzlich wechselte sie wieder ihren Gesichtsausdruck und resignierte: »Es ist ganz beschissen hier. Und Aids gibt es auch. Vielleicht habe ich es schon. Nur der liebe Gott weiß das, und der hält sich bedeckt. Weißt du auch was vom lieben Gott, wie die Schwester Helene?«

»Doch, doch«, stotterte ich.

»Na, dann ist es ja gut«, beruhigte sie mich und tätschelte meine Hand. »Willst du eine Zigarette?«

»Ich rauche nicht«, antwortete ich.

»Ich will dich ja nicht verführen«, spielte sie nun die Tante. »Ich kann dir auch eine Limonade bestellen.«

Ich grunzte.

»Beleidigt?« fragte sie.

»Fast«, antwortete ich.

»Hast du Familie?« fragte sie.

»Ja.«

»Eine liebe Frau?«

»Ja.«

»Dann freu dich doch und hau hier ab«, sagte sie und stand auf. »Wo kommst du eigentlich her?« fragte sie.

»Aus Herne«, antwortete ich.

»Und ich aus Castrop-Rauxel«, lachte sie. »Zufälle gibt's. Ich muß mir wieder was suchen«, entschuldigte sie sich. »Die Möpse stimmen noch nicht. Grüß mir unsere Heimat.« Sie gab mir einen Klaps. »Ganz so schlimm bin ich auch nicht«, entschuldigte sie sich und lächelte so süß und fast unschuldig. »Alles Gewohnheit.«

Eine vom Nachbartisch hatte zugehört. Als Erika die Kantine verlassen hatte, beugte sie sich zu mir herüber und klärte mich auf: »Die Erika ist eine ganz schlimme. Nichts für den Bruder Fritz.«

Wir lachten beide, und ich versuchte, gemeinsam mit Bud Spencer wieder den Knoten aus Stühle schwingenden Leibwächtern und Sklavinnen zu lösen.

Die Dame im Badeanzug

Eine Dame in einem rosaroten Badeanzug, der aber weder Salzwasser noch das mit Chlor versetzte vertrug, sondern schmuseleicht gewaschen werden mußte, nahm am Nebentisch Platz, nachdem sie sich lange mit Schwester Helene im Stehen unterhalten hatte. Im starken Kölner Dialekt vertraute sie sich ihrer Kollegin an: »Gleich kommt der Sigi, auf den freue ich mich schon den ganzen Monat lang. So etwas Liebes und Nettes! Nie vergißt er die Blumen, und ich muß zu ihm wie seine Mama sein, was ich auch gerne tue. Wie eine Dame behandelt er mich, und anschließend gehen wir konditern. Einmal sind wir sogar im Theater gewesen, wie ein richtiges Ehepaar, stell dir das mal vor.«

Die Angesprochene seufzte: »Und ich hatte wieder einen, den ich mit der Peitsche schlagen mußte. Bespucken sollte ich ihn und so geil sein wie in diesen Pornos. Immer mehr von diesen Perversen kommen zu uns. Bei denen sind die Triebe wohl stärker als die Angst vor Aids. Manchmal denke ich, die wollen sich von uns schlagen lassen, weil sie vor ihrer Familie und der Kirche ein schlechtes Gewissen haben. Aber mir ist das alles egal, Hauptsache, die Kohlen stimmen.«

»Ach, das sagst du nur so«, entgegnete die Rosarote. »Schön ist es ja nicht, und wir sind auch Menschen.«

Vom Nebentisch mischte sich eine Frau ein: »Die Normalen haben mehr Angst, und den Kondomen trauen sie nicht. Ich auch nicht. Aber eigentlich brauchen die uns nur zur Selbstbefriedigung.« (Sie gebrauchte Worte, die ich hier nicht aufschreiben will.)

»Hört doch auf damit!« schimpfte eine etwas Ältere. »Kann man denn nicht mal in Ruhe Kaffee trinken? Müßt ihr auch hier von dem Mist reden? Ist es denn nicht genug, daß wir uns vor diesen Scheißkerlen so erniedrigen müssen?« Sie steckte Schwester Helene, die gerade vorbeiging, einen Schein in die Tasche.

»Danke«, sagte Schwester Helene, aber sie gab ihr auch zu bedenken: »Kannst du es dir denn leisten? Du mußt doch auch an dein Alter denken.«

»Schwester Helene«, belehrte sie die Frau, »wir können nur an heute denken, nicht weiter. Gib es nur denen, die sie hier nicht mehr haben wollen, und eines Tages werde ich dich auch brauchen, wenn wir beide dann noch leben.«

»Aussteigen müßte man«, sinnierte eine starke Raucherin. »Aber wohin und womit? Man ist dieses Leben so gewöhnt, da kommt man nicht mehr von los, auch wenn man es möchte.«

»Wenn man noch einmal alles von vorne machen könnte«, wandte die Rosarote ein. »Noch einmal ein kleines Mädchen sein, dann die erste Liebe mit Händchenhalten, aber nicht mehr. Und rot werden, wenn so ein Jüngling mit Pickeln einen anspricht . . .«

»Du spinnst«, schimpfte die Ältere. »Und hört jetzt auf damit, sonst heult ihr noch wie zu Weihnachten und bei den Andachten von Schwester Helene.«

Inge und ihre kleine Tochter

Sie hatte Schwester Helene bitten lassen, sie doch zu besuchen. Wir betraten ein Wohnzimmer, das sich in nichts von dem einer normalen jungen Frau unterschied. Ordnung und Sauberkeit strahlte es aus, Nippes sollte für Aufheiterung sorgen, doch leider fehlte die Peitsche nicht.

Inge erklärte: »Es kommt leider auch einer, der mich schlagen muß. Das tut so weh, ich habe noch immer Striemen am Körper. Doch ich brauche das Geld, um meine kleine Nadine, die bei der Oma ist, durchzubringen. Und so hübsch bin ich auch nicht mehr, daß ich mir die Gäste aussuchen kann. Damit ist es sowieso vorbei.«

Inge hatte Grippe und war aus dem Bett gekrochen, obwohl Schwester Helene dagegen protestierte. Sie hüllte sich in einen zerschlissenen Morgenmantel. Der für die Kunden hing sorgfältig über einem Bügel. Ich konnte dem fahlen und abgenutzten Gesicht ansehen, daß es zu arg mit Schminke und Tusche dekoriert und poliert wurde.

Plötzlich begann Inge zu weinen. Schwester Helene legte den Arm um ihre Schultern und drückte sie an sich.

»Bald wird es mein Töchterchen erfahren, was ich mache«, schluchzte Inge. »Sie hat schon gefragt: Warum wohne ich nicht bei der Mama, warum ist sie nicht hier? Die anderen Kleinen im Kindergarten geben auch damit an, daß bei ihnen noch Papa und Mama zusammen sind. Nadine fragt nach ihrem Vater, ich kann sie nicht mehr länger damit hinhalten, daß er auf Reisen und ein Schurke ist, der sich mit anderen Frauen herumtreibt. Mich hat er ruiniert, ich möchte nicht, daß er auch noch Nadine zerstört.

Ich möchte hier heraus, aber wie? Bald wollen sie mich hier sowieso nicht mehr haben, mein Einkommen liegt ganz unten hier im Haus. Aber was soll ich tun - von der Sozialhilfe leben, dem Kind alles versagen?«

Die beiden Frauen dachten nach. Es mußte eine Lösung gefunden werden.

»Jetzt stoßen sie mich hier schon aus, die Frauen meine ich«, erklärte Inge. »Die am meisten Gäste haben, beachten uns da unten gar nicht. Und das nimmt einem ja auch das Selbstvertrauen weg. Wenn ich daran denke, wie die Alten von uns in der Gasse hinter dem Bahnhof leben, da möchte ich mir schon jetzt das Leben nehmen. Doch ich muß an Nadine denken.

Wenn ich doch alles noch einmal rückgängig machen könnte! Doch das ist vorbei. Morgen muß ich wieder gesund sein, oder so tun, da kommt der Kerl wieder, der mich durchprügelt. Und ohne dieses Einkommen hätten sie mich schon längst rausgeschmissen. Ich bin ihnen nur noch eine Last, sagen sie.«

»Ich muß etwas finden, damit du hier herauskommst«, versprach Schwester Helene.

Inge machte auch einen Versuch. Schwester Helene hatte Putzstellen für sie gefunden. Doch Inge hielt es dort nicht lange aus. Sie kehrte wieder ins Haus zurück und entschuldigte sich: »Ich kann dieses Leben nicht mehr sein lassen, auch wenn Nadine es nun weiß.«

Im Soraya-Dschungel

Soraya hieß eigentlich Elfriede, doch sie hatte sich ganz auf Orient und Afrika zurechtgemacht, so wie sie es sich vorstellte: Schwarze, lange Haare, die bis in die Augen hingen und den ganzen Rücken hinunter. Sie bewegte sich wie eine indische Tempeltänzerin, wackelte dazu aber zu ordinär mit dem Po. Auch als Bauchtänzerin trat sie auf, wenn ihre Gäste einen Zusatz zahlten.

Inge hatte uns gebeten, sie doch zu besuchen: »Die tut immer so überlegen, aber ich weiß, daß sie nächtelang heult.«

Wir betraten eine Lasterhöhle, wie sie in kitschigen Büchern und im Kino vorkommt. Nur rotes, gedämpftes, indirektes Licht. Ein dicker, roter Teppich füllte den Boden aus. Darauf lagen imitierte Tiger- und Zebrafelle. An den Wänden hingen Schlangenhäute und obszöne Bilder, die im Urwald und im Harem angesiedelt waren. Das breite Bett erhob sich nur knapp über dem Boden. Soraya hing sich eine Zigarette zwischen die Lippen und tat so, als ob sie uns gleich verführen würde. Sie glitt ganz selbstverständlich in diese Routine.

Ich wollte Schwester Helene schon antippen und ihr bedeuten, daß wir uns lieber verabschieden sollten, denn hier habe ihr Besuch ja sowieso keinen Zweck.

Doch plötzlich begriff Soraya, daß wir keine normalen Gäste waren. Sie bot uns Hocker an, setzte sich aufs Bett und zeigte zwar noch immer verlockend ihre Beine vor, aber ihr Gesicht war schon nicht mehr dabei.

Schwester Helene wartete.

Plötzlich redete Soraya wieder: »Ich bin es leid, ich möchte wieder ein Kind sein, ein kleines Mädchen wie früher. Aber das geht wohl nicht mehr.«

»Doch«, antwortete Schwester Helene.

Ungläubig fragte Soraya: »So eine Kleine mit Lackschühchen und weißen Kniestrümpfen und einem gehäkelten Kragen, die der Mama zum Muttertag ein Blumensträußchen bringt?«

»Nicht so«, schränkte Schwester Helene ein, »aber da hat einer gelebt, der uns alle und auch dich wieder zu einem Kind Gottes machen möchte.«

»Schwester Helene, ich will Sie ja nicht beleidigen und Ihnen auch nicht weh tun, aber solche Sprüche finde ich lächerlich. Sie kommen aus einer Welt, die sich ein paar fromme Leute nur einbilden, weil sie Angst vor dem Tod haben.«

»Hast du keine Angst?« fragte Schwester Helene.

»Doch«, gab Soraya zu, »aber ich kann mir so was von Gott nicht einbilden. Ich kenne die Menschen, und ich weiß, die sind zu allem fähig, hauptsächlich zum Schlechten, und zu ihren Gunsten können sie alles verdrehen, auch die Sache mit dem Tod, damit sie in Frieden leben können, mit dieser Illusion.«

»Soraya«, mahnte Schwester Helene sie, »das ist keine Illusion. Das ist ein Glaube, der Menschen glücklich macht.«

»Sie ganz bestimmt«, gab Soraya zu. »Mich aber nicht. Aber ich möchte Sie nicht abstoßen. Ich freue mich jedes Mal, wenn Sie mich besuchen, auch wenn ich es nicht zugebe. Sie sind wie eine Mutter zu mir. Das weiß ich sehr zu schätzen, weil meine ein Drachen war und sich mehr für andere Kerle als für ihre eigenen Kinder interessierte und dafür sorgte, daß wir alle ins Heim kamen.

Ich liebe Sie, Schwester Helene, ich bin Ihnen dankbar für jedes Wort, aber ich kann nicht glauben, ich kann es einfach nicht, obwohl ich es will. Ich bin doch so unglücklich, ich weiß manchmal nicht, was ich tun soll.«

Tränen standen in ihren Augen. Schwester Helene nahm ihre Hände, sie sah sie an. Dann sagte sie: »Ich bete jetzt für dich, Soraya.«

»Elfriede«, verbesserte die Frau sie.

»Lieber Vater im Himmel, du hast doch die Elfriede auch so lieb. Hilf ihr doch, daß sie wieder zu deinem Kind werden kann. Amen.«

»Amen«, wiederholte Elfriede. Dann lagen sich die beiden in den Armen.

Das Telefon klingelte. Soraya nahm auf, wischte sich schnell die Tränen ab, legte die freundlichste und verführerischste Stimme auf: »Ja, ja, du kannst sofort kommen, ich bin frei . . .«

»So nimmt denn meine Hände und führe mich«

Wir fuhren wieder mit dem Aufzug zur Kommandobrükke. Dort sprach Schwester Helene über die Lautsprecheranlage und lud alle Frauen zu einer Andacht in den Aufenthaltsraum der ersten Etage ein.

Ein freundliches Zimmer mit bunten Tapeten, Blumen und vielen Aschenbechern empfing uns. Während ich Schwester Helenes Keyboard aufbaute, erschienen schon die ersten Frauen. Jede wurde natürlich von Schwester Helene ganz besonders begrüßt. Jede Dame erschien so, wie sie gerade war, im Bademantel, darunter die »Arbeitskleidung«, oder zum Ausgehen fertig.

Ich verteilte die Liederbücher, damit ich nicht nur so herumstand.

Eine Frau wünschte sich: »Im schönsten Wiesengrunde ...«

Einige lachten. Schwester Helene wollte ihr das Lied spielen, doch sie besaß keine Noten dazu, darum spielte sie und bat alle, mitzusingen: »Die Gott lieben, werden sein wie die Sonne ...«

Sie verteilte an jede Frau eine Bibel, schlug dann ihre auf und erklärte: »Wir lesen jetzt eine Geschichte aus dem Buch Josua, Kapitel zwei.«

Sie half den Frauen, die Seite zu finden. Es war die Geschichte der Hure Rahab, die Israels Kundschafter vor dem König von Jericho verbarg.

»So was steht in der Bibel drin?« fragte schon eine Frau ganz zu Anfang.

»Ja«, antwortete Schwester Helene. »Da werden die Menschen so gezeigt, wie sie sind. Nichts wird beschönigt wie in den Romanen. Es steht aber auch da, daß Gott jeden Menschen retten will, so wie die Hure Rahab.«

»Kannst du dafür nicht einen anderen Namen gebrauchen?« fragte eine Frau.

»Nee, laß man«, rief eine andere. »Man muß die Sachen so nehmen, wie sie wirklich sind.«

Jede Frau las einen Vers. Gespannt folgten sie der Entwicklung der Geschichte. Als Lohn dafür, daß Rahab die Israeliten versteckt hatte, überstanden sie und ihre Familie die Vernichtung der Stadt und ihrer Bewohner.

»Das ist ja eine furchtbare Geschichte«, fanden die Frauen.

Schwester Helene gab ihnen recht: »Die Bibel will uns ja nichts vormachen, sie stellt Gott auch nicht als einen alten, gemütlichen Opa vor, der sowieso alles vergibt, sondern er kann auch ein furchtbarer Gott sein, besonders wenn böse Menschen sein auserwähltes Volk bedrohen und töten.

Aber es ist auch eine sehr versöhnliche Geschichte. Rahab wird gerettet. Sie darf zu dem auserwählten Volk gehören, und sie wird sogar zu einer Urahne unseres Herrn und Heilands Jesus Christus.«

Sie ließ die Frauen im Matthäusevangelium nachschlagen, wo Rahab im Stammbaum Jesu aufgeführt wird. »Darum habe ich euch diese Geschichte lesen lassen«, erklärte Schwester Helene, »damit ihr wißt, daß der Herr Jesus auch euch retten will. Er versteht euch. Er hat auch die Sünderin gerettet, und vor ihm sind wir alle Sünderinnen. Das ist seine Botschaft an euch: Er hat euch alle lieb. Ihr könnt mit eurer Schuld und mit euren Nöten zu ihm kommen. Und nun wollen wir beten.«

Schwester Helene begann. Dann eine Pause. Dann flüsterte eine Frau und bat für ihre sterbende Mutter. Eine andere weinte nur. »Ich möchte hier heraus«, bat eine.

Dann sangen sie gemeinsam:

»So nimm denn meine Hände und führe mich
bis an mein selig Ende und ewiglich.
Ich mag allein nicht gehen, nicht einen Schritt;
wo du wirst gehn und stehen, da nimm mich mit.«

Christiane, ehemalige Mitarbeiterin im Missionstrupp »Bekehre dich noch heute«

Schwester Helene wußte nichts von ihr, als sie die junge Dame, die neu war, auf dem Flur ansprach. Aber sie vergaß diese Begegnung nicht, weil sie noch nie so schroff abgewehrt worden war.

Als sie Christiane ein Traktat reichen wollte, schrie die fast: »Nein, nein!«

Und auch die Hand, die Schwester Helene ihr bot, nahm sie nicht. Noch nie hatte eine der Schwester die Hand versagt. Im Gegenteil, die Frauen freuten sich immer, wenn sie Schwester Helene begegneten, und umarmten und küßten sie.

Schwester Helene war zunächst so überrascht, daß sie verdutzt stehenblieb und Christiane laufen ließ. Sie war noch sehr jung.

Schwester Helene erkundigte sich nach ihr und erfuhr: »Ja, die ist ziemlich neu hier. Aber die läßt keinen von uns an sich heran. Die ißt für sich alleine, die redet kein Wort zuviel und tut so, als ob sie viel besser wäre als wir, nur auf der Durchgangsstation hier. Auch im Garten der Begegnung tut sie ganz cool, so, als ob sie kein Mann interessieren würde. Aber das macht die Männer ganz verrückt nach ihr.«

Beim nächsten Besuch klopfte Schwester Helene an ihre Zimmertür. Ein mißtrauisches »Herein« ertönte. Als Schwester Helene eintrat, sprang die junge Frau schnell abwehrend auf. Sie bat sie nicht ins Zimmer hinein, sie bot ihr keinen Stuhl an.

»Was wollen Sie?« fuhr sie Schwester Helene an.

»Ich möchte Sie besuchen, wie ich alle Frauen hier besuche«, erklärte Schwester Helene. Christiane zögerte. Sie steckte sich eine Zigarette an, doch Schwester Helene beobachtete, wie ungeschickt sie es tat. Es gab nicht einmal einen Aschenbecher im Raum.

Das Zimmer war peinlich aufgeräumt und fast kahl. Rauhfasertapete, keine Bilder und Blumen, kein Buch, kein Fernsehen. Die Kleider hingen wie zur Inspektion im Schrank. Christiane hatte sich überhaupt nicht geschminkt und trug einen viel zu weiten Pullover über ihren sorgfältig gebügelten Hosen.

»Es hat keinen Zweck«, erklärte Christiane, die sich Chris nennen ließ, »ich kenne das alles schon, und die Scheinheiligkeit, die dazu gehört. Ich komme aus einem frommen Elternhaus und war Mitarbeiterin in unserem christlichen Jugendkreis, eine ganz aktive. Ich habe mich bekehrt, ich habe nur noch die Bibel gelesen, weil ich mich von dem anderen nicht ablenken lassen wollte. Doch heute weiß ich, daß alles nur eine Einbildung gewesen ist. Ich will nichts mehr vom Glauben und von den Christen wissen.«

»Das tut mir aber leid«, kam es Schwester Helene vom

Herzen. »Da müssen wir Sie aber ganz übel behandelt haben.«

»So ist es«, stellte Chris fest, öffnete die Tür, wartete, bis die noch zögernde Schwester ihr Zimmer verlassen hatte, und schloß dann zweimal ab.

Beim nächsten Besuch sah Schwester Helene Chris im Garten der Begegnung. Sie trat dort auf, als ob sie gar nicht dazugehörte, sondern nur auf Besuch wäre. Sie trug ein strenges Kostüm, sportliche Schuhe und kein Make-up. Und doch oder gerade darum zog sie sofort Männer an. Aber sie nahm nicht jeden, sie schickte erst einige weg, ehe sie sich für einen Herrn entschied, der einen seriösen Eindruck machte. Verächtlich zog sie ihre Nase hoch, als der begann, ihr Komplimente zu machen. Sie nannte einen unverschämten Preis, doch er war bereit, zu zahlen.

Als Schwester Helene das Haus verlassen wollte, traf sie Chris auf dem Flur. »Ich will doch nichts Böses von Ihnen«, beteuerte Schwester Helene. »Ich möchte Ihnen so gerne eine Freude machen.«

»Das kenne ich schon«, wehrte Chris ab. »Erst so eine Schmuserei, und dann kommt das liebe Jesulein, wie im Märchenbuch.«

»Ich will Ihnen nichts vormachen«, antwortete Schwester Helene streng. »So sollten Sie nicht über den Gottessohn, der für uns gelitten hat und gestorben ist, reden.«

Das Mädchen sah Schwester Helene lange an. Auf einmal entdeckte Schwester Helene Tränen in ihren Augen.

»Darf ich Ihnen einmal alles erzählen?« fragte sie Schwester Helene. »Vielleicht hilft es mir ein wenig.«

Schwester Helene ging mit ihr ins Zimmer. Sie setzten sich, und Christiane begann. Sie wuchs in einem Dorf auf. Dort gehörte man nicht nur zur Kirche, sondern versammelte sich am Sonntagabend und noch zweimal in der Woche in der christlichen Gemeinschaft, wo die Bibel noch gewissenhafter und enger ausgelegt wurde als vom Pastor, dem man meistens auch den richtigen Glauben absprach.

Ihre Eltern zogen die Kinder in einer sehr engen und gesetzlichen Familie auf. Es gab kein Fernsehen im Haus, und natürlich wurde dort auch nicht geraucht und getrunken. Chris fügte sich dieser Ordnung und konzentrierte sich ganz auf die Schule und einen anständigen Lebenswandel. Das fiel ihr nicht schwer, weil alle ihre Verwandten und Bekannten so lebten.

Sie besuchte regelmäßig die Jugendgruppe und bekehrte sich mit vierzehn Jahren bei einer Jugendevangelisation. Mit siebzehn verliebte sie sich unsterblich in den Leiter ihrer Gruppe, obwohl der viel älter und schon verheiratet war. Der Mann leitete als Verwaltungsdirektor die Finanzen eines großen, kirchlichen Bezirks und galt als untadelig.

Seine Frau war keine Schönheit, sie folgte ihm, wo immer er hinging, doch sie konnte ihm keine Kinder gebären, obwohl alle darauf warteten.

Christiane himmelte ihn an, bewunderte ihn, allerdings aus der Ferne, und sie bemühte sich, daß es weder ihm noch anderen auffiel.

Aber eines Abends, nach der Bibelstunde, sprach er sie doch persönlich an. Christiane wäre fast in den Boden gesunken. Ahnte er ihre Gefühle? Zunächst sprach er über Glaubensfragen mit ihr, aber dann auch über seine Probleme. Sie verstand ihn nicht, seine Nähe nahm ihr den Verstand.

Sie verabschiedeten sich, aber nach der nächsten Stunde sprach er sie wieder an. Sie dachte, er würde sie verdammen, sie durchschauen, doch er sprach nur von sich.

Als sie am nächsten Tag in der Kreisstadt aus der Schule kam, wartete er auf sie. »Ich bin zufällig hier«, gab er an. »Wir haben ja den gleichen Weg, ich kann dich nach Hause mitnehmen.«

Christiane stieg zu ihm in den Wagen. Er fuhr sie aber nicht nach Hause, sondern parkte seinen Wagen in einem Waldweg, und plötzlich sagte er zu ihr, mit Tränen in den Augen: »Chris, ich bin ganz furchtbar in dich verliebt.«

Christiane begann zu weinen: »Ich auch«, gab sie zu.

Am nächsten Abend küßte er sie. Und dann küßte sie ihn zurück. Sie trafen sich jeden Abend. Sie versuchten, sich gegen diese verbotene Liebe zu wehren, aber es gelang ihnen nicht. Vor den Bekannten und Verwandten taten sie so, als ob sie nichts miteinander zu tun hätten.

Sie wurden immer intimer miteinander, und dann schliefen sie auch zusammen, hinten auf dem Rücksitz seines Autos. Sie vergaßen die ganze Welt um sich herum. Sie liebten sich aus vollem Herzen.

Dann spürte Chris etwas in sich. Sie ging zum Arzt, und der stellte fest, daß sie ein Kind bekam.

Aufgeregt erzählte sie es Gerhard, als sie sich wieder trafen. Der war zu Tode erschrocken.

Chris hatte sich schon etwas überlegt, sie wollte auf jeden Fall ihr Kind behalten: »Ich werde keinem erzählen, wer der Vater ist. Sie werden mich verdammen, doch ich werde dich und unser Kind immer lieben. Ich werde schon allein mit ihm fertig, ich ziehe in die Stadt. Vielleicht kannst du dann zu uns kommen, doch ich habe Zeit, ich kann warten, weil ich dich so liebe, und unser Kind.«

Sie schmiegte sich eng an ihn. Doch er blieb kalt und starr. Dann sagte er: »Das geht nicht. Denk doch an meine Frau, an meine Stellung, an unsere Gemeinschaft, das geht nicht. Ich habe einen Fehler gemacht, ich habe dich verführt. Das soll nicht wieder vorkommen.«

»Du hast mich gar nicht verführt«, wandte Chris ein. »Ich liebe dich doch, ich werde dich immer lieben. Das Kind wird mich immer an dich erinnern.«

»Aber das geht doch nicht«, flehte er sie an. »Denk doch an meine Stellung, an den Skandal. Das wird uns keiner verzeihen, und mir noch weniger als dir. Chris, es fällt mir sehr schwer, es zu sagen, es ist ganz gegen meine Überzeugung, aber ich glaube, wir müssen abtreiben lassen. Es ist ja noch kein Mensch, es ist ja nur Samen. Es ist ja noch gar nicht da. Jetzt müssen wir es tun, und dann wieder ganz vernünftig werden. Ich hatte auch gedacht, daß du die Pille genommen hättest, oder sonst was.«

»Gerhard, das konnte ich nicht, ich liebe dich doch. Ich will doch ein Kind von dir.«

»Dann hast du mich also in eine Falle gelockt!« brauste er auf.

Christiane weinte: »Wie kannst du mir so etwas zutrauen, ich liebte dich doch, ich liebe dich noch immer, wie konnte ich da so etwas tun? Ich dachte nie daran, daß es Sünde sei, was wir da taten, weil wir uns doch so liebten.«

»Chris, wir müssen vernünftig sein. Mir fällt es sehr, sehr schwer, das zu sagen, doch es gibt keinen anderen Weg. Wir müssen unsere Sünde beseitigen. Das sind wir unserem Glauben und unserer Gemeinschaft schuldig. Chris, wir wollen doch nicht unsere Schwestern und Brüder verlieren, vielleicht sogar unseren Glauben. Dann doch eher das, was eigentlich noch gar kein Mensch ist.«

»Aber dann wirst du mich verlieren«, antwortete sie. »Und dein Kind. Wie kannst du nur so unmenschlich sein und daran denken?«

»Der Glaube ist stärker als die Menschlichkeit«, behauptete er.

Als sie sich wieder trafen, sagte er nach einem flüchtigen Kuß, nachdem sie schon gehofft hatte, er würde sich doch für sie und das Kind entscheiden: »Ich habe schon mit einem Arzt gesprochen. Es ist kein Problem, so etwas kommt dauernd vor. Er war absolut nicht verwundert. Keiner wird es merken, und die Kasse zahlt es sogar. Andernfalls würde ich natürlich dafür aufkommen.«

Chris war furchtbar enttäuscht, aber sie weinte nicht. »Nein«, antwortete sie.

Sie liebte ihn noch immer, obwohl sie gegen eine wachsende Verachtung in sich ankämpfen mußte. Dann gab sie nach und ließ das Kind abtreiben. Gerhard bemühte sich rührend um sie, doch ihre Liebe zu ihm war auf einmal tot. Ihr Verhältnis kühlte ab. Gerhard sorgte auch dafür, er gab viel Arbeit vor.

Und dann sickerte etwas durch. Jemand hatte gesehen, wie sie sich flüchtig küßten. Auch das mit der Abtreibung wurde vermutet. Nun erinnerte man sich, daß Christiane ein paar Tage in der Stadt gewesen war und anschließend bleich ausgesehen habe.

Natürlich gab man ihr die Schuld, sie habe den armen Gerhard verführt.

Als ihre Eltern sie zur Rede stellten, gab Christiane alles zu. Ihre Eltern brauchten sie gar nicht aus dem Haus zu weisen, sie ging von selbst, mitten im Abitur, das sie aufgab.

Sie versuchte, in Düsseldorf, fern von zu Hause ein neues Leben zu beginnen. Es gelang ihr nicht. Sie fiel einem Mann in die Hände, der sie furchtbar belog und betrog. Sie versuchte sich mit dem nächsten Mann zu trösten, doch der war auch nicht besser.

So geriet sie ins Eros-Center: »Hier will ich mich an allen Männern rächen. Ich verachte sie, aber ich nehme ihnen auch das Geld ab und tue nur so, als ob ich ihnen etwas dafür gebe. Dabei betrüge ich sie auch.

Ich genieße es hier. Meinen Sie nicht, daß ich hier weg will. Mir gefällt dieses Leben. Ich bin ein freier Mensch, keiner kümmert sich um mich. Ich werde nicht mehr von meinen Gefühlen betrogen. Ich gehe jetzt mit meinen Gefühlen um, wie ich will. Ich bin ein gefallenes Mädchen, aber ich will es auch sein.

Manchmal packt mich das heulende Elend, wenn ich an das Kind denke, das ich hätte haben können, aber da komme ich auch drüber hinweg. Es hat keinen Sinn, ein anderes Leben zu führen.«

»Aber du bist doch nicht glücklich hier«, warf Schwester Helene ein.

»Glück ist so ein dummes Wort«, wehrte sich Chris. »Es paßt nur zu kleinen Mädchen, die Träume haben. Für mich ist das alles vorbei. Ich werde hier Geld verdienen und sparen, und wenn ich genug habe, dann ziehe ich hier aus und fange ein anderes Leben an. Ohne Mann. Bitte bemühen Sie sich nicht, mich zu bekehren oder mich hier herauszuholen.

Ich habe mich gerne mit Ihnen unterhalten. Es tat gut, ich danke Ihnen dafür, aber ändern werde ich mich nicht. Die Enttäuschung ist zu groß.«

Dabei ist es bis heute geblieben. Schwester Helene besucht sie jedes Mal, wenn sie im Eros-Center ist, aber Chris will sich nicht ändern.

Doch Schwester Helene gibt nicht auf.

Der Garten der Begegnung

So bezeichnete die Direktion den überdachten Innenhof, in den die Kunden geschleust und wo sie »angemacht« wurden. Diese sehr geräumige Begegnungsstätte nahm fast die gesamte untere Etage ein. Darüber und daneben wohnten die Damen in ihren Zimmern, in denen auch die Gäste bedient wurden.

Es gab keine Fenster in den Innenhof, nur aus der Schlucht von der Straße fiel etwas Tageslicht in den vorderen Teil des Palmengartens. Sonst wurde der erotische Garten nur von dezenten, bunten Röhren und Birnen, meist indirekt, beleuchtet. Streichelndes Licht, das Abenteuer in einem Venusberg verhieß.

Passierte ein Gast die wachsamen Augen der Wächter auf der Kommandobrücke, öffnete sich die Glastür zum Park von selbst. Sofort wurde er von einer sanften, aber doch aufreizenden Parfümwolke empfangen. Er fühlte sich in einen warmen Sommerabend am Strand einer Südseeinsel geführt und wartete auf die Verführung. Er war in Evas Paradies geraten, ohne Adam, und die Schlange sah er noch nicht.

Im Erosgarten herrschte immer ein milder Sommerabend, ganz egal, ob draußen die Sonne brannte, Nieselregen oder Schnee fiel. Es war wie Feierabend in den Tropen, nach einem langen Tag am Strand. Ein Tropenparadies aus Beton, Glas und Chrom. Tropische Pflanzen wucherten in Kübeln, ein Bächlein plätscherte durch den Beton, und schmale Wege luden ein, den Park zu durchstreifen. Bänke in Nischen boten sich zu verschwiegenen Schäferstündchen an. Denkmalsockel gab es hier auch, wie in jedem ordentlichen deutschen Park, doch darauf stand weder Kaiser Wilhelm noch Goethe, sondern darauf rekelten sich die Damen aus den oberen Etagen. Die Glut ihrer Zigaretten leuchtete auf und streichelte über ihre für die Dunkelheit stark geschminkten Gesichter. Die silbernen und goldenen Fäden in ihren Bikinis und Stolen glitzerten wie Lametta am Weihnachtsbaum.

Oder die Damen ergingen sich und schlugen mit ihren harten und steilen Absätzen einen Soft-Rock auf den Beton. Ihre Haut war gebräunt wie die von Südseeschönheiten.

Nur wenige Männer trauten sich sofort an ein lebendes Denkmal heran, um es näher in Augenschein zu nehmen. Sie umkreisten das Angebot zunächst aus respektvoller Ferne, um sich dann an der Bar Mut anzutrinken.

Ein Gast fiel besonders auf. Er stand unter einer Lichtquelle, mitten im Venusbauch, und las eine Abendzeitung. Die blutigen Überschriften und nackten Titelgirls dort interessierten ihn mehr als das, was angeboten wurde.

Als ich ihn später ansprach, erklärte er: »Immer dasselbe, hier ist doch nichts mehr los. Mach ich lieber selber.«

Andere Männer standen vor den Bildschirmen, die harte Pornos abflittern ließen. Entweder rissen sie die Augen vor Erstaunen oder Entsetzen auf, oder sie amüsierten sich gröhlend. Frauen versuchten sich unter diese anders interessierten Männer zu mischen, knufften sie, boten die gleichen Dienste in natura an, baten um Feuer oder einen Drink an der Bar.

Nur wenige Paare sah ich, deren Begegnungen denen von Liebespaaren glichen, wobei die Frauen sie besser und gekonnter spielten als die männlichen Neulinge in diesem Geschäft.

Insgesamt herrschte in der Halle eine sanfte Grandhotel-Atmosphäre. Nur die Kleidung der Männer paßte nicht dorthin. Viele waren direkt von der Arbeit oder aus dem Stau gekommen, rochen schlecht und waren müde. Eine Reihe von Männern hielt sich an der Bar fest. Sie taten so, als ob sie nur daran interessiert seien, sich hier einen anzutrinken. Sie erzählten sich Witze, über die sie zu laut und unsicher lachten. Sie taten so, als ob die Frauen so etwas gar nicht begreifen könnten. Dem Barkeeper sah ich an, wie sehr er sich über den Umsatz freute. Nur in einer Ecke war eine Frau von einem Gast zum Champagner eingeladen worden. Ungläubig sah er auf die Rechnung, als er zahlen wollte. Damit fiel das restliche Vergnügen des Abends aus.

Ich hielt mich wieder zu Schwester Helene, dort war ich besser aufgehoben. Sie ging von Frau zu Frau, von Mann zu Mann und verteilte ihre freundlichen Worte und christlichen Magazine. Zwar waren alle Männer verwundert, eine solche Frau hier zu treffen, einige dachten gar, sie hätte sich zum Karneval so verkleidet, aber dann wurde ihnen die Begegnung doch peinlich. Die Frauen freuten sich alle über Schwester Helene, stiegen von ihren Podesten herunter und ließen sich von ihr küssen und in den Arm nehmen. Ich wunderte mich immer mehr über Schwester Helene. Sie verurteilte niemanden und ging ohne Abscheu herzlich und anteilnehmend auf jede Frau zu. Ich konnte sehen, wie erleichtert und glücklich die Frauen reagierten, daß da endlich jemand in ihnen einen Menschen sah, ihnen ihre Würde wiedergab. Schwester Helene war eine außerordentliche Frau.

Mich erkannten viele aus der Kantine und ließen mich als Bruder Fritz von Schwester Helene stehen. Doch eine Neue kam auf mich zu und bot sich an: »Na, du Süßer, trägst ja schwere Taschen, willst du dich bei mir vom Einkaufen entspannen?«

»Entschuldigung«, erklärte ich, »ich gehöre zur Schwester Helene.«

Sie entschuldigte sich mit einem erstaunten »Ach so« und entschwand.

Schwester Helene sprach einen Mann an, der einen auffallend breiten und demonstrativen Ehering trug: »Sie sollten doch nicht hierherkommen. Sie haben doch sicher eine gute Frau und liebe Kinder. Denken Sie auch daran, daß Sie sich hier anstecken können und was das für eine Katastrophe für Ihre Familie wäre. Ich wünsche Ihnen das nicht.

Ich will keinen Teufel an die Wand malen, aber es ist doch nicht schön, daß Sie Ihre Ehefrau nach so vielen guten Jahren betrügen. Sie tut es ja auch nicht. Hier haben Sie die Zeitschrift ›Entscheidung‹, da steht alles drin über ein besseres Leben.«

Der Angesprochene war so verdutzt, daß er sofort die Stätte seiner Versuchung verließ.

Aber sonst mischte sich Schwester Helene nicht in den Geschäftsbetrieb ein. Der breite Ehering hatte sie aufgeregt. Im allgemeinen blieb sie ruhig und verkündigte die Liebe Gottes.

Sie verstand sich nicht als eine Moralpredigerin, sondern es ging ihr darum, Menschen zu retten. Dabei wußte sie, daß nicht nur die Menschen hier im Eros-Center Sünder und Sünderinnen waren, sondern daß jeder Mensch Sündenvergebung und Gnade brauchte. Vor Gott waren alle Menschen gleich. Darum machte auch Schwester Helene keine Unterschiede. Das spürten die Frauen und jeder, der ihr begegnete. Sie verurteilte niemanden. »Das steht mir nicht zu«, sagte sie immer wieder.

Eine Frau wurde von einem arroganten Gast beleidigt und dann stehengelassen. Ein übles Schimpfwort warf er ihr noch an den Kopf. Den Tränen nahe blieb das Mädchen stehen. Schwester Helene hatte es beobachtet und ging sofort zu ihr.

Sie umarmten sich. Dann entschuldigte sich das Mädchen: »Warten Sie doch bitte einen Augenblick, ich bin so aufgeregt, ich muß mir Zigaretten ziehen.«

»Ich habe welche«, antwortete Schwester Helene und holte ein Päckchen aus der Handtasche.

»Rauchen Sie denn auch?« fragte das Mädchen erstaunt.

»Natürlich nicht«, antwortete Schwester Helene. »Das ist doch nicht gut für die Gesundheit. Aber ich weiß ja, daß ihr es gerne tut und nicht davon lassen könnt. Und dann ist es doch noch besser als diese schrecklichen Drogen.«

Dankbar nahm das Mädchen die Packung und zündete sich mit zitternden Händen eine Zigarette an.

»Wie geht es dir denn?« fragte Schwester Helene aus tiefer Anteilnahme, die das Mädchen spürte. Das war keine Phrase, nie gab es bei Schwester Helene leere Redensarten.

»Schlecht«, antwortete das Mädchen. »Das ist doch kein Leben hier. Das hält doch keiner aus mit solchen Schweinen.«

Schwester Helene drückte sie an sich. Das Mädchen heulte sich aus. Aber dann wischte sie sich schnell wieder die Tränen ab, puderte ihr Gesicht und bedankte sich: »Ach Schwester Helene, kommen Sie immer, immer wieder.« Sprach's und stolzierte über die Dschungelpfade des Gartens der Begegnung.

»Ich möchte alle Frauen hier herausholen«, sagte Schwester Helene, »aber das ist nicht meine Hauptaufgabe. Sie haben sich entschieden oder sind voller Verzweiflung hierhergeraten. Sie müssen sich davon befreien, wenn sie wollen. Sicher, viele möchten es, aber sie schaffen es nicht. Ich bin keine Sozialarbeiterin, mir geht es um die Seele, um das ewige Leben der Mädchen, darum bin ich hier. Das kann sich auch wie eine Flucht vor der vordringlichsten Aufgabe anhören, aber das sind eben die Prioritäten, die mir der Herr durch den Missionsbefehl gesetzt hat: ›Gehet hin in alle Welt . . .‹

Ich kann die Welt und die Menschen nicht verändern, aber ihnen doch die frohe Botschaft sagen, daß Jesus sie retten will. Denn mein Leben ist mir nicht so viel wert; Hauptsache, ich richte meinen Auftrag aus.«

Josephine, die Bibelbotin im Eros-Center

Aus dem Hintergrund näherten sich laute Stakkatoschläge von sehr hohen Damenschuhen. Alle Männer aus der Umgebung schauten interessiert auf. Den Frauengesichtern sah ich an, daß ihnen dieser Auftritt gar nicht gefiel, denn auch die Gäste, mit denen sie sich beschäftigten, blickten in die Richtung der Konkurrenz.

Heran kam eine dunkle, schwarzhaarige Schönheit, bekleidet mit einem knappen schwarzen Bikini, Netzstrümpfen und Lackschuhen. Während sie sich eine Zigarette zwischen die Lippen klemmte, versuchte sie, einen Schlüsselbund mit mächtigem Anhänger in ihre schon vollgepreßte Handtasche zu drücken. Ihre sehr schlanken Beine schienen kein Ende zu nehmen.

Alle Männer starrten sie an, wie einen Star bei einer großen Fernsehsendung. Wen hatte sie sich wohl auserkoren? Jeder sah, daß sie um keinen Mann zu werben brauchte; jeder war sofort bereit, mit ihr zu gehen.

Mit einem überlegenen, leicht ironischen Blick übersah sie das Kundenangebot. Da entdeckte sie plötzlich Schwester Helene. Sie vergaß alle Männer und lief sofort auf sie zu, rief ihren Namen, umarmte und küßte sie.

Schwester Helene winkte mich heran und stellte mich vor: »Das ist Bruder Fritz, er ist einer von uns.«

Ich begriff nicht.

Schwester Helene fing an zu erklären: »Das ist Schwester Josephine von der Insel Martinique.«

So konnte ich mir keine Schwester im Sinne von Schwester Helene und Bruder Fritz vorstellen. Schwester Helene lächelte in mein verdutztes Gesicht und erklärte genauer: »Josephine hat ihren Herrn und Heiland gefunden.«

Josephine nickte kurz bestätigend; ich sah an ihrem Gesicht, daß ihr Schwester Helenes Formulierung nicht behagte, sie aber in der Sache mit ihr einig ging.

»Sie liest täglich in der Bibel«, erzählte Schwester Helene, »und wir sitzen oft zusammen und lesen sie, unterhalten uns darüber und beten.«

Josephine sprach mich an: »Ich lese gerade den Römerbrief. Die Rechtfertigungslehre von Paulus beschäftigt mich sehr«, informierte sie mich in schnellen Sätzen. »Schwester Helene liest lieber die Geschichten aus den Evangelien, die ja auch wunderbar sind, aber der Römerbrief gibt mir ganz neue Einsichten.«

Sie öffnete ihre Handtasche, schubste den Schlüsselbund zur Seite, kramte ihre französische Bibel heraus und öffnete sie. Sie schlug das dritte Kapitel des Römerbriefes auf und las mir den Abschnitt vor, über den sie arbeitete. Zwei Sätze strich sie besonders heraus: »Denn es gibt hier keinen Unterschied: alle haben gesündigt und die Herrlichkeit verloren, die Gott ihnen zugedacht hatte, und werden ohne Verdienst gerecht aus seiner Gnade durch die Erlösung, die durch Christus Jesus geschehen ist.« Und: »Denn wir sind überzeugt, daß der Mensch gerecht wird ohne die Werke des Gesetzes, allein durch den Glauben.«

»Diese Argumente bedeuten mir sehr viel, ich weiß auch, daß Jesus Christus mein Erlöser ist, und ich möchte ihm nachfolgen, wie man so sagt. Aber es gibt noch vieles aus der Bibel und besonders aus dem Römerbrief, das ich diskutieren möchte.«

»Ich auch«, antwortete ich impulsiv.

Sie musterte mich: »Okay, dann könnten wir uns ja einmal sprechen.«

»Natürlich.«

»Aber nicht hier, hier wird man zu sehr abgelenkt, und ich möchte einmal in Ruhe darüber reden, mit einer Schwester oder einem Bruder.« Die letzten Worte kamen zögernd und mit einem mißtrauischen Blick auf mich.

Doch Schwester Helene beruhigte sie: »Auf Bruder Fritz kannst du dich verlassen.« Sie war da sicherer über mich als ich selbst. Wir überlegten. Auch, ob wir uns zu dritt treffen sollten, doch Schwester Helene meinte: »Es ist besser, wenn ihr beide euch darüber unterhaltet.«

Als wir über einen Platz nachdachten, erwähnte ich, daß ich in Düsseldorf wohnte.

»Das ist aber schön«, rief Josephine aus. »Ich mag die Stadt, und ich würde gerne zu Ihnen kommen.«

Schwester Helene fügte noch hinzu: »Bruder Fritz ist mit einer Finnin verheiratet und hat drei Kinder. Er war viele Jahre Missionar in Afrika und hat Erfahrungen mit der Bibel gemacht.«

»Meine Kinder sind in Afrika aufgewachsen«, erklärte ich, »mein Schwiegersohn ist ein schwarzer Amerikaner und mein Enkel ein wunderbarer, kleiner Kerl.«

Josephine lächelte, das Familiäre von mir war ihr sympathisch. Schnell fiel ihr ein: »Wir machen einen Termin in Düsseldorf ab, dort kennt mich vielleicht auch keiner. Da möchte ich dann auch schön ausgehen und essen, in einem ganz schicken Restaurant, aber ich zahle es, und nicht Sie. Sie müssen aber auch Ihrer Frau Bescheid sagen, oder sie könnte ja mitkommen.«

»Karin wird das schon verstehen«, sagte ich. »Wir beide vertrauen uns vollkommen. Das ist auch nötig, bei meinen vielen Reisen.«

»Okay«, schloß Josephine die Sache ab. »Schreib mir mal deine Telefonnummer auf, ich rufe dann an. Mitten in der Woche geht es bei mir am besten.«

»Bei mir auch«, antwortete ich.

Küßchen für Schwester Helene, ich bekam nur die Fingerspitzen von Josephine. Hinten im Garten warteten schon einige Männer auf sie.

Eine andere Frau aus Martinique kam gerade vorbei, Josephine sagte auf französisch im Vorbeigehen zu ihr: »Du wolltest doch zum Bibellesen kommen!«

»Ich komm' schon«, antwortete die etwas patzig.

Schon nach dem Abschied fragte Schwester Helene Josephine: »Und wie ist das mit dem Ausziehen?«

»Jetzt noch nicht, später«, antwortete Josephine.

Mit Josephine im Parkhotel

So machten wir es dann ab: Ich würde Josephine vom Bahnhof abholen, wir würden in einem Lokal die Bibelbesprechung halten, und zum Abendessen sollte sie zu uns nach Hause kommen.

Auf dem Bahnsteig wartete ich auf den Intercity aus Köln. Ich ahnte, wo sie aussteigen würde, als der Schaffner sich vor der Tür eines Erste-Klasse-Waggons bereitstellte, um einer Dame beim Aussteigen behilflich zu sein. Dann sah ich zunächst einmal einen eleganten Pelz und darüber die schwarze Haarpracht. Unendlich lange Beine hoben einen hochhackigen Schuh auf den Bahnsteig. Ihre große Handtasche baumelte vollgestopft von ihrer Schulter herunter.

Mehrere Männer boten sich an, ihr behilflich zu sein. Josephine bedankte sich mit einem freundlichen Lächeln. Ihr waren diese Angebote nicht neu. Doch als sie mich entdeckte, ließ sie die Herren stehen, kam auf mich zugestöckelt und hielt mir ihre gerötete Wange zur Begrüßung hin. Als ich Josephine zur Rolltreppe geleitete, folgten uns neidische Blicke. Bruder Fritz fühlte sich ganz gut!

Josephine wollte etwas über die Königsallee und durch die Galerien flanieren. Ich begleitete sie. Ich wirkte nicht gerade wie ein Herr, neben dieser eleganten Dame. Ich in meiner »Schimanski-Jacke« und mit den wirren Haaren. Ich sah eher wie ein Leibwächter aus, der auch zu ihr gepaßt hätte.

Auch der Portier des ersten Hotels am Platze behandelte mich so, oder wie einen Fahrer, als er persönlich Josephine begrüßte und sie zu der gewünschten Ecke im Salon geleitete. Ich durfte hinterhertrotten.

Ehe sie bestellte, sagte sie bestimmt zu mir: »Also ich zahle alles, ist doch ganz klar.«

Mit etwas anderem hätte der Herr Ober auch gar nicht gerechnet. Sie bestellte Kaffee, rauchte eine Zigarette, sah über den Park und erkundigte sich nach meiner Familie. Damit waren die Grenzen abgesteckt.

Doch dann zog sie die Bibel aus ihrer Handtasche, einen Notizblock und einen eleganten Bleistift. Das Bibelstudium konnte beginnen.

Alles, was im Salon stand oder saß, sah ziemlich verwundert zu uns herüber. Das waren Leute, die sich sonst durch nichts zur Neugier verleiten ließen, denn hier verkehrten Stars vom Fernsehen, aus der Politik und Wirtschaft mit ihren Allüren und Eitelkeiten, aber eine bibellesende dunkle Schönheit hatte man hier noch nicht erlebt.

Schon bald bemerkten wir die neugierigen Blicke nicht mehr. Josephine las noch einmal die Rechtfertigungslehre aus dem dritten Kapitel des Römerbriefes vor und forderte mich zu einem Gedankenaustausch heraus.

Wir vergaßen alles um uns herum. Erst das dezente Räuspern des Obers, der das Gedeck abräumen wollte, schreckte uns auf. Josephine bestellte noch zwei Tassen Kaffee. Nachdem er uns bedient hatte, gestattete sich der Ober eine respektvolle Frage: »Sie lesen die Bibel?«

»Natürlich«, antwortete Josephine. »Sie etwa nicht?«

Und als der nicht wußte, was er antworten wollte, drückte Josephine ihm ein kleines Neues Testament in die Hand. »Wird Ihnen sehr gut tun«, ermunterte sie ihn.

Wir erzählten uns gegenseitig von unseren Erfahrungen mit der Bibel und gingen noch einmal den Gedanken nach, die Paulus entwickelte. Wir verglichen sie mit den Begebenheiten, in denen Christus den Menschen ihre Sünden vergeben und ihnen geholfen hatte.

Erst als es schon dunkel wurde, erinnerte ich mich, daß Karin mit dem Abendessen auf uns wartete. Josephine kaufte ihr einen großen Strauß Blumen in blau und weiß, weil sie von mir erfahren hatte, daß Karin gerne Blumen in den finnischen Landesfarben mochte.

Es war ein fröhliches Abendessen. Josephine erzählte Karin, was wir im Parkhotel besprochen hatten. Die beiden Frauen verstanden sich ganz ausgezeichnet. Wir beide brachten Josephine später wieder zum Bahnhof zurück.

Noch auf der Rolltreppe fragte Karin: »Warum tut Josephine das?«

»Ich weiß es auch nicht«, antwortete ich.

Zwei schafften es

Zwei Frauen wollten das Eros-Center und ihr Metier verlassen. Sie vertrauten sich Schwester Helene an. Zu dritt überlegten sie, wie das anzustellen sei. Die beiden Frauen hatten sich schon Gedanken gemacht: »Hier im Center können wir nicht mehr lange bleiben, wir werden zu alt, und die werfen jede raus, die nicht mehr genug Geld bringt. Damit müssen wir also rechnen. Auch sonst sind wir beide es leid, uns wie eine Ware zu verkaufen. Das halten wir nicht mehr aus.

Wir haben uns schon überlegt, was wir machen könnten, und kamen darauf, uns auf den Markt zu stellen. Wir können ja ganz gut mit Menschen umgehen. Gemüse möchten wir gerne verkaufen, das wollte die Jutta schon als Kind tun, und ich habe immer gerne mit einem Puppenladen von meiner Oma gespielt.«

Schwester Helene freute sich über die Initiative der Frauen. Zusammen besuchten sie mehrere Marktplätze und sahen sich dort um. Sie fanden einen, auf dem es noch Platz für einen Stand gab. Gemüse wurde dort auch nicht im Übermaß angeboten.

Schwester Helene holte nähere Erkundigungen bei den Marktfrauen ein. Deren Mißtrauen zerstörte sie schnell durch ihre Schwesterntracht. Keine der Marktfrauen konnte sich vorstellen, daß eine Schwester ihnen Konkurrenz bieten würde.

Auch den Großmarkt besuchten sie zu dritt und holten Erkundigungen über Lieferbedingungen und Preise ein. Die hohen Preise und das finanzielle Risiko schreckten die beiden Frauen zunächst ab. Auch wurde ihnen bei den Banken klargemacht, daß sie kein Darlehen ohne Sicherheiten bekommen würden.

Ziemlich geknickt saßen die beiden Frauen anschließend bei Schwester Helene in der Wohnung. Erst einmal kochte sie Kaffee und setzte ihnen Kuchen vor. Dann dachten sie zusammen weiter über ihr Unternehmen nach.

Schwester Helene fielen zwei Zitate ein. Eines, ein sehr weltliches, stammte von ihrem Vater: »Wo ein Wille ist, da ist auch ein Weg.« Doch sie wußte, daß das nicht ganz stimmte. Ein biblisches Zitat gefiel ihr mehr, damit konnte sie auch besser umgehen: »Klopfet an, so wird euch aufgetan; bittet, so wird euch gegeben.«

Also begann Schwester Helene, mit den beiden Frauen zu beten. Das tat ihnen gut und gab ihnen wieder neuen Mut. Sie wußten: Alles, was Schwester Helene tat, würde schon gut sein.

Schwester Helene begab sich noch einmal auf den Großmarkt und fand dort einen Händler, der früher selbst einmal einen Marktstand betrieben hatte. Sie erzählte ihm nicht, woher die Frauen kamen, sondern nur, was sie tun wollten. Der Mann versprach, ihnen mit Rat und Tat zur Seite zu stehen.

Sie fanden sogar eine Wohnung, die in der Nähe des Marktes lag.

Schwester Helene besuchte noch einmal die Frauen. Auch mit dem Direktor des Eros-Centers sprach Schwester Helene über die beiden. Er erklärte: »Natürlich verstehe ich, daß die Frauen hier herauswollen. Ich habe sie auch nicht hereingeholt. Sie sind freiwillig gekommen und können freiwillig wieder gehen. Diese beiden hätte ich sowieso bald entlassen, weil ihre Einkünfte nicht mehr dem entsprachen, was wir für sie investiert haben. Sehen Sie, Schwester Helene, ich muß hier rein wirtschaftlich denken, wie jeder Unternehmer.«

»Ich habe da eine ganz andere Meinung als Sie, wie Sie wissen«, antwortete Schwester Helene, »aber ich danke Ihnen für Ihr Verständnis.«

»Und ich für Ihre Betreuung, auch für meine private«, entgegnete der Direktor, mit seinen guten Manieren.

Die beiden Frauen bewiesen ihr Naturtalent beim Verkaufen. Der Händler, zu dem Schwester Helene am Anfang gegangen war, gab noch einige Tips, die sehr halfen. So lief das Geschäft immer besser.

Einmal in der Woche kamen die beiden Frauen zu Schwester Helene zum Kaffeetrinken. Dabei bestanden sie darauf, daß sie wenigstens den Kaffee und die Blumen mitbrachten. Mittlerweile hatten sie sich auch einen Wagen anschaffen können und fuhren stolz damit vor. Bei diesem Kaffeeklatsch erzählten sie von ihren Erlebnissen auf dem Markt. Meistens war es sehr lustig.

»Uns geht es so gut, und wir sind dem lieben Gott und Ihnen so dankbar.«

Schwester Helene winkte ab.

Die eine Frau fuhr fort: »Jetzt fehlt einem nur noch ein Mann und ein Kind zu einer richtigen Familie.«

»Hör bloß auf mit Männern!« schimpfte die zweite. »Hast du noch immer nicht genug davon?«

Wie Schwester Helene das wurde, was sie ist

Das war eine Freude, als dem Schmiedemeister Siebert und seinem angetrauten Weibe Marie ihr erstes Kind, das Lenchen, geboren wurde! Sofort bildete der musikalische Amboßhämmerer mit der Hebamme und allen neugierig zusehenden Tanten einen Chor und sang das schlummernde Kind fröhlich in diese Welt hinein.

Lenchen wurde zwar noch in Hamburg geboren, doch schon nach wenigen Jahren zogen die Eltern mit ihr in einen kleinen Ort hinter Eutin in Holstein, wo der Meister eine Dorfschmiede mit Wohnhaus kaufte. Er beschlug die Pferde, reparierte Ackergeräte mit Hammer und Zange und stellte in Kunstschmiedearbeit eiserne Gitter her. Seine Lehrlinge erhielten immer eine sorgfältige, umfangreiche Ausbildung.

Nach Lenchen erblickte noch ein Brüderchen das Licht der Welt, doch dann meinten die Eltern, die beide aus kinderreichen Familien kamen, das sei nun genug.

Lenchens Vater, der Schmiedemeister, war nicht nur ein starker, sondern auch ein sehr musikalischer Mensch. Er sang und spielte alles, mit und ohne Noten: Auf Hochzeiten Schlager, im Kirchenchor Kantaten, zu Hause auf dem Klavier am liebsten Beethoven. Er strich Mozart über die Geige, entlockte der Ziehharmonika neue Laute und schlug, wenn er ein Stück Eisen unter seinem Hammer hatte, den Dreiklang auf dem Amboß, was die trockenen Bauern aus Holstein doch sehr verwunderte.

Lenchen wurde am zweiten Weihnachtstag 1908 geboren. Bis zum Ersten Weltkrieg ging es in ihrer Familie sehr fröhlich und musikalisch zu. Dann mußte der Vater ins Feld, mit der Kavallerie. In der Schlacht bei Tannenberg in

Ostpreußen wurde er von neun Granatsplittern getroffen, und ein Kosak stieß ihm seine Lanze durch die Lunge. Vater Siebert kam durch, blieb am Leben, doch bis zu seinem Lebensende quälten ihn Schmerzen aus diesen Wunden. Das hinderte ihn aber nicht daran, fröhlich weiterzusingen und zu spielen.

Die Mutter war die Seele der Familie, die Kinder hingen an ihr, und der Vater hatte sie sehr, sehr lieb. Diese Liebe zueinander, wenn auch nordisch kühl zurückgehalten, trug die Familie und prägte die später so genannte Schwester Helene.

Ein typisches Erlebnis aus jenen Tagen vergaß Schwester Helene nie. Eines Abends schliefen sie schon alle, nur der Vater erledigte noch seine Buchführung. Lenchen erwachte, als er ihr ins Ohr flüsterte: »Zieh dir etwas über, draußen ist etwas ganz Wunderbares zu hören.« Er weckte auch die Mutter und den kleinen Bruder, nahm die Kinder an die Hand und führte sie in den Garten, der an Gebüsch und eine Hecke grenzte.

Es war die erste Frühsommernacht. Die Sterne funkelten freundlich, und es war angenehm warm. Der Vater legte einen Finger an die Lippen und trat so vorsichtig auf wie ihre Katze. Sie folgten ihm, sagten kein Wort und warteten gespannt. Dann blieb er stehen, und als sie eine Weile in die Nacht gehorcht hatten, schlug plötzlich eine Nachtigall. Noch nie hatte sie eine Nachtigall singen hören. Es kam ihr unbeschreiblich schön vor, noch schöner als der Gesang des Vaters. Sie hatten sich an den Händen gefaßt und hörten zu wie verzaubert.

Als die Nachtigall davongeflogen war, drückte der Vater alle an sich, küßte sie und sagte: »Was ist das für ein schönes Leben, man möchte es gar nicht verlassen.«

Diese Nacht und diesen Wunsch ihres Vaters vergaß Lenchen nie.

Familie Siebert hatte mit der Kirche wenig zu tun, obwohl der Vater im Kirchenchor mitsang, doch das tat er aus musikalischem Interesse. Sie ließen ihre Kinder taufen und konfirmieren, besuchten den Gottesdienst aber nur an den hohen Feiertagen und bei Familienfesten. Zu Hause wurde nie über Religion gesprochen. Dieses Thema war den Eltern peinlich. Natürlich glaubten sie an Gott, aber dabei beließen sie es. Sie fanden, alle Menschen seien gleich gut und schlecht, ob sie in die Kirche gingen oder nicht.

Aber Lenchen zeigte Interesse für die Religion und ging ganz gern in die Kirche, weil es dort so feierlich war und viel gesungen wurde.

Dann war sie oft ganz zerknirscht, obwohl sie die meisten Sünden nicht verstand, von denen der Pastor redete, aber sie wußte, daß sie sich häufig mit ihrem Bruder zerstritten hatte.

In die Schule ging Lenchen gerne und half der Mutter bereitwillig im Haushalt.

Jeden Sonntag kam sie in die Kirche und einmal in der Woche besuchte sie einen Jugendkreis, was die Eltern übertrieben fanden, doch sie ließen sie gewähren. Sie bekam vom Pastor eine Bibel geschenkt, und las jeden Tag darin. Die Eltern erwarteten, daß ihr Lenchen sich irgendwie fromm verkrümmen und zu einer Betschwester werden würde, doch das geschah nicht, sie blieb das fröhliche und lebenslustige Lenchen, was die Eltern beruhigte. Sie war damals zwölf Jahre alt.

In dieser Zeit erzählte ein Missionar aus Afrika von seinen Erlebnissen mit den »Heiden« im Urwald. Zum Schluß bat er dringend um Hilfe, nicht nur um Geld, sondern es würden dort auch Menschen gebraucht: Missionare, Ärzte, Krankenschwestern. Lenchen wollte ihm helfen, er tat ihr so leid, weil er alles alleine tun mußte. Und als sie hörte, daß Krankenschwestern gebraucht wurden, faßte sie einen Entschluß: Sie wollte Missionarin und Krankenschwester werden für die Heiden im Busch. Sie wurde später wirklich Krankenschwester und Missionarin, allerdings unter veränderten geografischen Umständen.

Lenchen vertraute sich nicht ihren Eltern an, weil sie wußte, daß die Mutter sich zu Tode grämen würde, allein schon bei dem Gedanken, ihr Lenchen unter Menschenfressern in Afrika leben zu sehen. Doch den Herrn Lehrer, der ja alles wußte, den fragte sie, wenn auch um eine Ecke herum: »Herr Lehrer, meinen Sie, daß ich klug genug bin, um Krankenschwester zu werden?«

Der gestrenge Herr dachte eine Weile nach und machte ihr dann Mut, diesen Beruf zu ergreifen.

Lenchen war sehr glücklich, denn sie hatte die erste Hürde auf dem Weg, eine Missionarin zu werden, genommen. Als sie die Volksschule erfolgreich abschloß und die Eltern sie fragten, was sie werden wollte, antwortete sie: »Missionarin.«

Beide waren entsetzt, sie hatten etwas ganz anderes mit ihr vor. Ihr Lenchen sollte durch eine Haushaltsschule auf ihren späteren Beruf als Hausfrau und Mutter vorbereitet werden.

Um sie abzukühlen und auf den richtigen Weg zu bringen, schickten sie Lenchen zu Verwandten nach Lübeck, wo sie im Haushalt und im Textilgeschäft helfen sollte. Sie baten auch ihre Verwandten, darauf zu achten, daß Lenchen nicht zu fromm würde und die Flausen aus ihrem Kopf verlor.

Lenchen half sehr fleißig im Laden und im Haus, da waren die Verwandten nur voll des Lobes, doch am Abend, wenn die anderen Mädchen dahin gingen, wo sich Jungen aufhielten oder wo sie mit anderen kichern und unter sich Geheimnisse und Wünsche austauschen konnten, suchte Lenchen die Jugend- und Bibelstunden der Kirchengemeinde auf, die ein Pastor Brandenburg leitete. Lenchen ließ keine seiner Predigten und Bibelstunden aus. Das war eine direkte und massive Vorbereitung für ihren Traumberuf als Missionarin. Dr. Brandenburg war nicht nur ein hochgewachsener, athletischer Mann, sondern auch ein gewaltiger Prediger. Er rüttelte die Menschen auf und bat sie, sich zu bekehren und dem Herrn zu folgen. Viele taten es.

Auch Lenchen wurde in einer Jugendstunde vor diese Entscheidung geführt, und dabei verwandelte sich ihr noch kindlicher Traum in eine Vorbereitung auf den zukünftigen Beruf. Pastor Brandenburg war von ihrem Zielbewußtsein und Glaubenseifer beeindruckt. Aber er meinte: »Sie dürfen nicht vergessen, daß es im Glauben, aber auch im normalen Leben, immer um die Liebe geht, obwohl dieses Wort so furchtbar abgegriffen ist. Und richtige Liebe ist, wenn man Gott und seinen Nächsten lieben lernt. Dann bekommt man auch das richtige Verhältnis zu sich selbst. Sie brauchen auch noch viel Liebe, liebes Fräulein Siebert.«

Die Tante und der Onkel von Helene sahen ihre Kirchen- und Gemeindebesuche gar nicht so gern. Sie fanden es übertrieben und überspannt und sahen ihre Nichte schon in einem Kloster als Nonne verschwinden, oder im Kochtopf von Menschenfressern irgendwo in Afrika. Sie schrieben Helenes Eltern, daß ihre Tochter unbedingt Lübeck verlassen müsse, weil sie hier in die Hände von Fanatikern geraten sei.

Helene war sehr traurig und weinte, als die Eltern ihr schrieben: »Du wirst Lübeck zum Monatsende verlassen und in Hamburg eine Ausbildung als Kinderpflegerin beginnen. So etwas wolltest Du doch immer tun.«

Das junge Fräulein war besonders traurig darüber, daß sie nun nicht mehr bei Dr. Brandenburg unter der Kanzel sitzen und seine Bibelstunden besuchen durfte. Doch er tröstete sie: »Liebes Fräulein Siebert, es kommt doch nicht auf den Prediger an, sondern auf das Wort Gottes, das können Sie überall hören. Und dann möchte ich Ihnen anvertrauen, daß ich in einigen Monaten Lübeck auch verlassen werde. Man hat mich zum Direktor der Berliner Stadtmission berufen.«

Er gab ihr eine Adresse in Hamburg mit, wo Helene Menschen ihres Glaubens und ihrer Einstellung finden würde: Bibelgebundene und missionsfreudige Christen.

Helene bereitete sich in Hamburg beharrlich auf ihr Ziel vor. Sie durchlief die vorgeschriebenen Stationen und nahm mit, was sie für Afrika brauchen würde: Kinderpflegerin, Säuglingsschwester, Sprechstundenhilfe (wo sie Buchführung, Organisation, Abrechnungswesen und Kalkulation lernte), Krankenschwester. Sie wurde Stationsschwester in der Orthopädie des hamburgischen Universitätskrankenhauses in Eppendorf. Elf Jahre war sie dort tätig.

Natürlich suchte sie sofort die Adresse auf, die Pastor Brandenburg ihr mitgegeben hatte. Am Holstenwall traf sie die Mädchengruppe einer Freikirche, die von einer Schwester Hannah Arnold geleitet wurde. Helene fühlte sich dort sofort wohl und machte bald als Mitarbeiterin mit. Schwester Hannah war früher einmal Studienrätin gewesen und wußte, wie man die Talente und Gaben der jungen Mädchen weckte und förderte. Sie empfahl den jungen Leuten auch, Biografien von Christen zu lesen, neben der Bibel und gleichsam als eine Fortsetzung der Apostelgeschichte. Helene folgte eifrig diesem Ratschlag. Ganz besonders stark beeinflußte sie das Lebensbild des amerikanischen China-Inlandmissionars Hudson Taylor.

Helene fieberte mit ihm durch sein abenteuerreiches und gefährliches Leben. Sie bewunderte seine Art, wie er alle seine Probleme in Gebeten vor Gott brachte und wie unverschämt und wie ein Kind er beten konnte.

Seine Missionsgesellschaft kündigte ihm, sperrte ihm die Gelder. Taylor betete, und es flossen ihm so reichlich Gelder zu, daß er eine eigene, noch größere Missionsgesellschaft gründen konnte.

Er betete um hundert Missionare, als kein einziger ihn unterstützte; er bekam sie geschenkt und ihre Gehälter auch.

Die junge Dame Helene las dieses Buch nicht nur, sie erlebte es mit und war dankbar wie Hudson Taylor. Sie war eine Frau, die nicht groß reflektierte und kritisch analysierte, sondern sich eifrig, fröhlich und gläubig wie ein Kind ihrem Vater im Himmel anvertraute. Es gibt nicht viele Menschen, die das können und auch wollen.

Als sie mir aus dieser Zeit erzählte und von ihrem Glauben an die göttliche Liebe, fragte ich: »Hast du dich nie in einen jungen Mann verliebt und daran gedacht, zu heiraten und eine Familie zu gründen?«

»Nein, nie«, antwortete Helene. »Ich wollte schon seit

jungen Jahren immer in die Mission gehen und mein Leben ganz dieser Mission geben. Höchstens hätte ich einen Missionar geheiratet, wenn der es gewünscht hätte, aber direkte Sehnsucht hatte ich nicht danach.«

Als die Nationalsozialisten an die Macht kamen, geriet die Stationsschwester Helene in Schwierigkeiten, weil sie nicht der NS-Schwesternschaft beitreten wollte. Als sie vorgeladen und nach ihren Gründen der Ablehnung gefragt wurde, antwortete sie: »Ich kann eine Regierung und Partei nicht unterstützen, die gegen die Kinder Israels und die Gleichheit aller Menschen ist.«

Dieses Bekenntnis hätte sie den Kopf oder zumindest die Arbeit kosten können, doch ihr Chefarzt setzte sich für sie ein: »Ich kann sie im Krankenhaus nicht entbehren, und dann ist sie eine so offene, aber auch naive Person, die sich gar nicht überlegt, welche Folgen ihre ausgesprochenen Gedanken haben könnten. Ich werde mit ihr sprechen, überlassen Sie mir das.«

Die Partei zuckte vor dem bekannten Chefarzt, einem Vertrauten des Gauleiters, zurück, und der mahnte Schwester Helene: »Sie brauchen nicht in diese NS-Schwesternschaft zu gehen, aber sagen Sie so etwas nicht mehr, oder höchstens mir. Es war sehr unklug.«

Als der Bombenkrieg ausbrach, wurde Hamburg fast in jeder Nacht und dann auch am Tage heimgesucht. Die große Stadt verwandelte sich bald in ein Trümmerfeld. Doch das Universitätskrankenhaus wurde nie getroffen. Trotzdem war das Leben dort während des Bombenkrieges hart genug. Jedes Mal, wenn die Bomberverbände Hamburg anflogen, mußten die Kranken in den Luftschutzkeller geschafft werden. Pfleger gab es kaum noch, also mußten die Schwestern die schweren Männer ihrer Station hinuntertragen. Sie kamen kaum noch zum Schlafen, denn Tag und Nacht flogen die feindlichen Geschwader an.

Die Patienten, die bei ihnen eingeliefert wurden, Opfer der Bomben, sahen schlimm aus. Menschen ohne Arme und Beine, mit aufgerissenen Körpern und Köpfen.

Trotzdem nahm Schwester Helene sich noch Zeit, um

die Jugendstunde zu besuchen. Dort holte sie sich ihre Kraft. Aber eines Tages sprach sie mit Schwester Hannah über ihr zukünftiges Leben: »Sicher, es ist sehr wichtig, daß ich hier als Krankenschwester helfe, aber ich möchte mehr tun, nicht nur eine geschäftige Martha sein, sondern eine Maria, die auf die Worte des Herrn hört. Ich möchte den Menschen nicht nur körperlich, sondern auch ihrer Seele helfen. Und ich fühle auch, wie ich geistlich austrockne. Ich kann mich einfach nicht mehr von dem täglichen Elend lösen.«

Schwester Hannah sah das auch so: »Du mußt ausspannen, du brauchst starke geistliche Kost. Ich kenne eine Bibelschule, wo du hinmußt, nämlich zu den Aidlinger Schwestern bei Stuttgart.«

Schwester Helene bewarb sich dort und wurde angenommen. 1943 fuhr sie hin und ließ sich als Gemeindehelferin ausbilden. Eigentlich waren alle Bibelschulen verboten, doch die Aidlinger Schwestern machten einfach weiter, und keiner wußte, warum es nicht herauskam und die Nazis nicht eingriffen. Für Schwester Helene war es eine Gottesführung. Den Patienten und dem Pflegepersonal tat es sehr leid, daß sie ging, aber sie verstanden sie.

Als Schwester Helene mir über diese Periode ihres Lebens erzählte, sagte sie: »Damals habe ich nicht darüber nachgedacht, daß ich ja auch die Patienten verließ und ein Loch in die Betreuung riß. Wäre mir das damals in den Sinn gekommen, wäre ich bestimmt nicht nach Aidlingen gefahren. Heute kommt es mir ein bißchen wie Fahnenflucht vor . . .« Sie errötete und schämte sich, doch dann fuhr sie fort: »Aber damals dachte ich gar nicht darüber nach, ich mußte nach Aidlingen, ich wurde dahin gedrängt, und hätte ich die Bibelschule nicht besucht, wäre ich bestimmt nicht hier am Rhein gelandet und hätte hier nicht die besten Jahre meines Lebens geschenkt bekommen und so vielen Frauen und Jungen helfen können. Man muß alles so nehmen, wie Gott es will.« Nach diesem Jahr kam sie zur weiteren Ausbildung zu den Aidlinger Schwestern nach Stuttgart, um Jugendarbeit zu betreiben und

Orgelspielen zu lernen. Sie wohnte in einem Haus zusammen mit Aidlinger Schwestern.

Auch Stuttgart war oft das Ziel von Bomberverbänden, und Schwester Helene erlebte den schrecklichen Angriff am 26. Juni 1944 mit. Luftminen und Brandbomben zerstörten die Stadt. Auch das Haus, in dem Helene wohnte, wurde von einer Luftmine zerrissen. Die Schwestern brauchten Stunden, ehe sie sich durch den Schutt ins Freie wühlen konnten. Dann standen sie sprachlos mitten in einer Wüste, die vor ein paar Stunden noch eine Stadt gewesen war. Anstelle der Häuser gab es jetzt nur noch schwelende Schutthaufen, zwischen denen verkohlte oder zerrissene Menschen lagen. Die Schwestern versuchten, Erste Hilfe zu leisten und den Sterbenden Beistand zu geben.

Heute noch erinnert sich Schwester Helene an eine geisterhafte, aber auch tröstliche Szene:

Obwohl es eigentlich Tag sein sollte, hatte der Rauch vieler Feuer diesen in Nacht verwandelt, dicke Rauchschwaden nahmen den herumirrenden Menschen die Sicht. Die Schwestern waren gerade dabei, verschütteten Menschen aus einem Keller zu helfen, als ein Bauernwagen mit einem Pferd aus dem Dunkel auftauchte. Der paßte überhaupt nicht in die brennende Stadt herein, und die Frau fuhr auch so, als ob sie sich auf ihren Äckern befände. Aber ihr Gesicht leuchtete auf, als sie eine Schwester entdeckte, wenn auch eine ziemlich verschmierte und zerrissene.

Sie fragte sie auf Schwäbisch: »Schwester, wißt Ihr, wo ich die Aidlinger Schwestern finden kann?«

»Hier«, antwortete sie und zeigte auf ihre Kolleginnen mit den rußgeschwärzten Gesichtern.

»Das isch Gottes Führung«, rief sie. »ich dachte schon, ich würde euch nicht finden, ich habe euch was zum Essen und Trinken mitgebracht.« Und damit lud sie Lebensmittel aus dem Wagen ab, und alle Menschen aus den Trümmern setzten sich auf die Steine, aßen und tranken. Genau das hatte ihnen gefehlt. Warum die Frau gerade an diesem Tag losgefahren war, wußte sie auch nicht.

Nach ihrer Ausbildung wurde Schwester Helene eine Stelle im Schwarzwald angeboten. Dort erlebte sie noch schlimme Bombenangriffe und dann die Besetzung, bei der es auch nicht gerade zimperlich zuging, doch sie erzählte den Menschen vom Volk Israel, von Jesu Leiden und Sterben und der Auferstehung.

Schwester Helene arbeitete als Jugendleiterin an fünf Orten gleichzeitig. Ihre Jugendarbeit wuchs unter großem Zulauf. Es gab kaum ein Mädchen im Ort, das nicht in ihre Gruppe kam. Sie fühlte sich dort sehr wohl nach all den Kriegswirren und nahm an, daß sie noch sehr lange dort bleiben würde.

Doch dann erreichte sie eine Botschaft aus Hamburg, die sie zunächst gar nicht gerne las. Schwester Hannah schrieb ihr, sie habe überlebt, was Helene natürlich freute. Aber dann bat sie Helene, doch sofort nach Hamburg zu kommen: »Hier brauchen wir Dich. Junge Leute wissen nicht wohin. Wir erreichen sie nicht, sie mißtrauen uns. Wir brauchen eine Frau wie dich. Du mußt kommen.«

Helene wußte nicht, ob es richtig war, ihre gerade begonnene Arbeit zu verlassen. Als sie den Jugendlichen einmal andeutete, daß sie eventuell bald nach Hamburg zurückkehren müsse, waren die empört.

Aber auch bei allem guten Willen wußte Helene nicht, wie sie nach Hamburg gelangen könnte. Damals, so kurz nach dem Krieg, fuhren keine Züge. Autos besaßen nur die Besatzungsmächte. Es war auch nicht gestattet, eine Besatzungszone zu verlassen, und ab sechs Uhr abends war Sperrstunde, da durfte kein Deutscher auf die Straße. Um nach Hamburg zu kommen, mußte Helene durch vier Besatzungszonen. Helene wartete also auf einen Fingerzeig Gottes, wie sie es immer tat. Sie glaubte nicht an Zufälle, sondern sie hatte erfahren, daß Gott ihr auch in kleinen Dingen half.

Und dann geschah etwas, womit sie nicht gerechnet hatte. In dem Ort stand die Fabrik eines bekannten Uhrenherstellers, dessen Töchter auch zu Schwester Helene in die Gruppenstunden gingen. Der kam zu ihr und erklärte:

»Ich habe Passierscheine bekommen, ich darf mit meinem Wagen nach Hamburg fahren, um dort Geschäfte abzuwickeln. Sie haben ja sicher Verwandte dort, soll ich denen etwas bestellen?«

Helene fragte: »Könnte ich eventuell auch mitkommen?«

»Ja«, rief er, »einer meiner Mitfahrer ist ausgefallen, ich habe noch einen Platz frei.«

Das war für Helene ein zweites Zeichen dafür, daß Gott sie nach Hamburg rief. Eine Aidlinger Schwester übernahm sofort ihre Gruppen, weil den Aidlingern sehr daran lag, daß diese Arbeit im Schwarzwald weiterging, und sie fuhr an die Elbe zurück.

In Hamburg fing sie wieder von vorne an. Sie besuchte Mädchen in den Trümmern, auf den zugigen Bahnsteigen, sprach auch jene an, die sich einem Mann anboten. Schon damals wurde ihr deutlich, daß es besser für sie war, eine Tracht oder wenigstens ein Häubchen zu tragen, das sie als eine Schwester auswies, ohne daß sie Diakonisse wurde. Keinen schreckte es ab. Mit ihrem freundlichen Wesen und ihrer Gabe, zuzuhören, gewann sie schnell die Herzen und das Vertrauen der Mädchen. Später kamen die dann auch zu Helenes Gruppenstunden.

Zunächst war Helene zu Fuß unterweg. Als ihr Bezirk wuchs, schwang sie sich aufs Fahrrad. Dann schenkten ihr die Mädchen und einige Gönner ein Motorrad. Das war schon ein besonderer Anblick, wenn sie mit ihrer Haube und im dunklen Diakonissenkleid mit dem Krad durch Hamburg hoppelte.

Noch später stieg sie in eins der kleinsten Autos um, die es gab, in den NSU Prinz. Obwohl Schwester Helene schon auf die Fünfzig zuging, betrieb sie noch Jugendarbeit, zu der viele Dreißigjährige nicht mehr fähig sind.

Daß es mit der äußeren Mission, mit ihrem Jugendtraum, nicht geklappt hatte, machte sie traurig, aber dann wischte sie diese Gedanken wieder weg, weil sie sich sagen mußte, daß sie bisher ein wunderbares Leben geschenkt bekommen hatte. »Nun«, so nahm sie an, »werde ich meine alten Tage in Hamburg beschließen, und die Mutter, die schon fast siebzig ist, freut sich darüber.«

Helene machte sich nie um die Zukunft Sorgen; sie wußte, daß sie geführt wurde.

Aber dann erreichte sie ein Brief, den sie nie erwartet hätte. Der Verein für Mitternachtsmission in Köln bat sie, zu ihnen zu kommen.

Die Beschreibung ihrer eventuellen Aufgabe dort warf alles über den Haufen, was sie bisher über ihre Zukunft gedacht hatte. Sie sollte sich um Frauen kümmern, die sich Männern verkauften, auf der Straße und in Bordellen; um Menschen, die ganz am Rande der Gesellschaft standen. Ihre erste Reaktion war: »Nein, das kann ich nicht.« Sie fand sich mit ihren fünfzig Jahren auch viel zu alt dafür. So antwortete sie auch.

Doch es kam ein zweiter, verzweifelter Brief: »Schwester Helene, seit zwanzig Jahren suchen wir, und wir haben keine für diese Aufgabe gefunden. Sie sind unsere letzte Möglichkeit. Im Namen Jesu bitten wir Sie, kommen Sie zu uns.«

Dieser Satz hakte sich in Schwester Helenes Seele fest, davon kam sie nicht los. Sie sprach mit Schwester Hannah darüber, und die alte Dame sagte: »Du mußt fahren.«

Genauso vehement und spontan, wie Schwester Helene sich dagegen gewehrt hatte, schrieb sie dann: »Ja, ich komme.« Obwohl sie nicht ahnte, was ihr dort blühen würde. Sie spürte, sie mußte es tun.

Sie packte alles, was sie besaß, in ihren Kleinwagen und fuhr los. Junge Leute in ihren Autos eskortierten sie bis zum Kamener Kreuz, damit sie die Abzweigung zum Rhein nicht verpaßte. Auf einem Parkplatz nahmen sie Abschied voneinander und beteten für Schwester Helenes neue Aufgabe. Die kam sich so vor, als ob sie nach Afrika in den Busch ausreisen würde.

Eine Sozialarbeiterin, die Frauen in einem Erziehungshaus bisher von Amts wegen betreut hatte, führte sie schnell ein. Die war froh, endlich von dieser Aufgabe befreit zu sein. Um die Frauen in den Bordellen und auf dem Strich hatte sie sich nicht gekümmert.

Da Helene nicht wußte, wie sie mit den Frauen im Frauenhaus umgehen sollte und welch ein Programm sie wohl erreichen würde, besuchte sie die Insassinnen auf ihren Zimmern. Sie brachte Kaffee und Kuchen mit, auch eine Kerze, damit die Stimmung in den tristen Behausungen etwas wärmer wurde, und hörte einfach zu, was die Frauen erzählten; seufzte und weinte mit ihnen.

So wurde sie zu einer Schwester und Freundin. Die Frauen baten sie um kleine Gefälligkeiten, die Schwester Helene ihnen gerne erwies. Es kostete sie auch Überwindung, den Frauen Zigaretten mitzubringen, weil sie selbst eine strikte Nichtraucherin war. Obwohl sie wußte, daß so eine Angewohnheit nicht gut war, wollte sie den Frauen doch jede erdenkliche Freude bereiten. Und es gab auch noch Schlimmeres als Zigaretten.

Es ging gar nicht anders, wenn die Frauen nach Hilfe und einem Sinn in ihrem verpfuschten Leben fragten, daß Schwester Helene auf den Sinn ihres Lebens kam. Die Frauen fragten sie auch, warum sie sie besuchte und ihnen zuhörte. Dann erzählte sie von ihrem Glauben. Sie brauchte nicht viele Worte zu machen, die Frauen spürten ihr ab, daß sie Glauben, Hoffnung und Liebe lebte.

So entstanden die Bibelstunden der Frauen ganz von selbst, bei Kerzenschein, Kaffee und Kuchen und mit Gesang, den sie auf einem Keyboard begleitete.

Eine der Frauen erzählte Helene: »Deine Vorgängerin hat uns immer die neuesten Witze erzählt, doch von dir hören wir ganz etwas anderes.«

Helene erfuhr auch, wie die Frauen in das Frauenhaus gekommen waren. Viele waren auf der Straße oder im Bordell aufgegriffen worden und baten sie: »Geh doch auch zu diesen Frauen, die noch drin sind. Die brauchen dich auch.«

Zunächst traute sie sich nicht, sie fand, das sei eine Stelle, wo der Satan regiere. Sie wußte auch gar nicht, wie es dort eigentlich zuging. Doch die Frauen gaben nicht nach: »Die gehen genauso vor die Hunde wie wir, wenn du ihnen nicht hilfst.«

Also machte sich die gehorsame Helene, die in den

Frauen auch Gottes Stimme hörte, auf den Weg. In ihrer Schwesterntracht natürlich, in einer Einkaufstasche Traktate und Bibeln.

Doch als sie schon vor der Bordellstraße Frauen sah, die sich Männern anboten, schlug sie einen großen Bogen um sie. Helene traute sich nicht, sie anzusprechen.

Als sie dann die berüchtigte Straße erreichte, verließ sie ganz der Mut. Sie sah die vielen Männer und die fast nackten Frauen in den Fenstern und Türen, drehte sich um und lief nach Hause. »Lieber Vater!« weinte sie. »Ich kann es nicht. Ich kann es nicht mit ansehen, wie diese Frauen sich erniedrigen und erniedrigt werden, ich traue mich nicht, da hineinzugehen. Ich kann es nicht.«

Aber wieder baten die Frauen sie, doch zu denen zu gehen, die ihre Hilfe so dringend brauchten.

Da las Schwester Helene in ihrer Bibel, daß die Liebe Gottes die größte Macht ist, die die Menschen erhalten haben. Darum unternahm sie noch einen Anlauf. Sie ging zwischen all den Männern durch und trat sofort auf die Frau zu, die in der ersten Tür stand. Nur mit einem Bikini bekleidet, auf hohen Absätzen, dick geschminkt und eine Zigarette rauchend, mit kalten, toten Augen wie aus Glas.

Als sie vor dieser Frau stand, wußte sie nicht, was sie sagen sollte. Ihr fiel nur ein Satz ein: »Ich möchte Sie gerne besuchen.«

Die Frau war so überrascht, daß sie antwortete: »Komm rein.« Sie schloß ihre Tür auf, bot Schwester Helene einen Platz an und fragte, was sie wollte.

Helene erzählte ihr, warum sie in Köln sei und noch gar nicht wüßte, wie sie das alles anstellen sollte.

Die Frau antwortete ihr: »Wir brauchen so eine wie dich. Wenn du nur zuhören kannst, einfach zuhören, das würde uns allen schon sehr helfen, und wenn du uns nicht verdammen würdest . . .«

Schwester Helene hörte zu. Dann schenkte sie jeder Frau in dem Haus ein Neues Testament.

Als sie eine Woche später diese Frau wieder besuchte,

rief die ihre Kolleginnen an: »Da kommt gleich eine Schwester Helene, laßt sie rein, die ist sehr lieb.«
So begann ihre Arbeit unter den Frauen.

Ein Erbauungsvereins-Leiter im Eros-Center

Wieder begleitete Bruder Fritz Schwester Helene zum Eros-Center, und wiederum trug er ihre Taschen und das armlange Keyboard. Doch plötzlich blieb Schwester Helene stehen und starrte einem Mann nach, der vor uns, mit dem Arm um die Schulter einer jungen Frau, in der Sex-Abteilung des Eros-Centers verschwand.

»Das kann doch nicht wahr sein!« rief Schwester Helene aus. »Ich muß mich verguckt haben.«

Mir war das Paar auch aufgefallen. Die beiden sahen aus wie aus zwei verschiedenen Welten.

Sie trug nur einen Bikini, stelzte in hohen, engen Stiefeln über den Beton, rauchte eine Zigarette und ließ sich dabei im Gehen von einem Herrn aus sogenannten besseren Kreisen betätscheln.

Dieser Herr paßte eher in die Chefetage einer Bank, trug einen Maßanzug in gedeckten Farben und ein strahlendweißes Hemd mit dezenter Krawatte. Sein grauer Mantel schloß den seriösen Eindruck ab. Seine leichten Plattfüße machten ihm das Gehen schwer, und seine Dickleibigkeit verursachte ihm beim Treppensteigen einige Atembeschwerden. Als ich in meinen Beobachtungen soweit gekommen war, enteilten sie in den Fahrstuhl.

Schwester Helene versuchte das Bild zu verwischen: »Nein, es kann nicht sein, dieser Herr ist doch ein Bruder im Glauben. Sicher weiß ich, daß hier viele einflußreiche und gebildete Herren verkehren, vielleicht auch einige Kirchenmänner, doch diesem Bruder kann ich es einfach nicht zutrauen.«

»Warum denn nicht?« fragte ich.

»Er ist schon seit Jahrzehnten verheiratet und hat eine

Familie mit vier Kindern, glaube ich, von denen die meisten schon aus dem Haus und verheiratet sind. Er ist Bankdirektor und sitzt in vielen kirchlichen und pietistischen Gremien. Überall ist er hoch angesehen. Außerdem ist er Vorsitzender einer christlichen Gruppe, die den Zeitgeist, Alkohol, Nikotin und die sittliche Verwahrlosung bekämpfen will. Er gilt als ein untadeliger Mann, dem es besonders um den Kampf gegen die Unmoral geht.

Seine Frau ist auch gläubig und zieht sich so bescheiden an, daß man in ihr gar nicht die Frau eines Bankdirektors vermutet. Manchmal denke ich, daß sie schon etwas mehr aus sich machen könnte. Nein, ich kann es nicht glauben.«

Schwester Helene hatte auch die Frau erkannt, mit welcher der eventuelle Bankdirektor verschwunden war: »Das ist die Susi, eigentlich sehr lieb und anhänglich. Sie läßt keine Stunde bei mir aus, obwohl ich sie auch als etwas labil bezeichnen muß. Und dann gehört sie eben auch zu diesem Haus, mit all den Nachteilen.«

Sie dachte noch immer betroffen nach. Dann faßte sie folgenden Entschluß: »Es ist besser so. Ich werde es vergessen. Ich hoffe, daß ich mich versehen habe. Es kann auch sein, daß er aus irgendeinem Grund hier hereingeraten ist. Schlechte Menschen, die ihn verführt haben. Man weiß es nicht. Ich werde es besser vergessen.«

Doch in den nächsten Tagen sah sie ihn wieder, fast zur gleichen Minute. Sie war sich nun ganz sicher, er war es, und Susi hatte in der Tür schon auf ihn gewartet. Die beiden umarmten und küßten sich.

Schwester Helene saß gerade neben Michael oben auf der Kommandobrücke und legte ihm dort den Text der täglichen Andacht vom Kalenderblatt aus. Da stockte sie mitten im Satz.

Michael sah sie erstaunt an und dann den Mann, der, ohne sie gesehen zu haben, im Eingang verschwand. »Der erscheint hier jeden Mittwoch und wird immer von der Susi abgeholt«, sagte er. Später rief mich Schwester Helene an, erzählte mir die Sache und fragte: »Was soll ich nun tun?«

Mir kam die ganze Angelegenheit auch unglaublich vor, wie die Geschichte vom blauen Engel und dem Professor Unrat. Was sollte ich dazu sagen? Ich war ja kein Moralapostel, und Schwester Helene auch nicht. Es blieb ihr nichts anderes übrig, meinte sie, als ihn zur Rede zu stellen. Auf ihre Art. Das ging doch nicht, der Leiter einer Glaubensgemeinschaft konnte doch nicht Stammgast in einem Eros-Center sein.

Aber vorher sprach sie noch mit Susi.

Deren Gesicht leuchtete sofort auf, als Schwester Helene sie nach diesem Mann vom Mittwochnachmittag fragte: »Ach ja, das ist ein ganz Lieber, der Waldemar. Ich nenne ihn Waldi. Seine Frau versteht ihn nicht, und sie ist so kalt zu ihm. Wenn er zu mir kommt, machen wir uns ein paar schöne Stunden. Ich tue nichts Böses mit ihm, Schwester Helene, du kannst ganz sicher sein. Er ist auch immer ganz lieb zu mir. Und wenn es vorbei ist, dann geht er immer ganz brav nach Hause. Bei mir ist er in den besten Händen, und ich bei ihm auch. Ich freue mich schon die ganze Woche über darauf.

Manchmal gehen wir auch aus. Sogar ins Spielkasino nach Aachen hat er mich mitgenommen, und schöne Geschenke gibt er mir auch. Ich möchte die Stunden mit ihm nicht mehr missen. Gönnst du ihm denn nicht die wenige Zeit, die er mit mir hat? Er ist immer so beschäftigt, er muß der große Herr sein, jeder erwartet viel zu viel von ihm. Hier kann er sich entspannen.«

Schwester Helene überlegte, was sie tun sollte. Sie wollte sich nicht ungefragt ins Leben anderer Menschen einmischen, wollte keine Richterin sein. Deshalb betete sie für ihn und hoffte, daß er sich entscheiden würde. Sie stellte sich ihm nicht in den Weg, doch sie betete jeden Tag für ihn.

Aber dann begegnete er ihr, obwohl sie es nicht arrangiert hatte. Er lief rot an, straffte sich aber schnell wieder und tat so, als ob er Schwester Helene nicht erkannt hätte.

Schwester Helene lief ihm nicht nach. Sie betete weiterhin für ihn.

Dann kam Susi noch einmal auf diesen Mann zu sprechen: »Er hat dich erkannt. Er weiß, wer du bist. Es ist ihm sehr peinlich gewesen, doch ich habe ihm gesagt, daß du es zwar nicht billigst, was er tut, aber daß du damit nie hausieren gehen würdest, wie ich dich kenne.«

»Sag ihm, daß ich für ihn und für seine Familie bete, aber daß ich alles nur vor unseren gemeinsamen Vater bringe und nicht zu den Menschen.«

Er trat dann von allen seinen christlichen Ämtern zurück, besuchte Susi aber weiterhin.

Irgendwie – Schwester Helene wußte nicht, wie es herauskam – erfuhr dann doch die Familie davon. Er hatte auch zu hohe Summen von seinen Ersparnissen abgehoben und die Familie in finanzielle Schwierigkeiten gebracht.

Als der Schwiegersohn einige Nachforschungen anstellte, fand er die Besuche bei Susi heraus, aber auch, wo das Geld sonst noch geblieben war. Die Familie war empört, doch der Herr versuchte sich herauszureden und gab an, an »dieser Prostituierten« einen seelsorgerlichen Auftrag ausgeführt zu haben. Als man es ihm nicht so ohne weiteres glaubte, gab er Schwester Helene als Zeugin an, aber ganz anders, als sie es erwartet hatte. Er behauptete, sie hätte ihn dabei gestört und das Gerücht über ihn in die Welt gesetzt.

Also telefonierte der Schwiegersohn mit Schwester Helene und beschuldigte sie. Was sollte Schwester Helene tun?

Sie sprach mit Susi, und die war sofort bereit, zugunsten von Schwester Helene die Wahrheit zu sagen. Doch der Herr hatte auch weiterhin mit Susi zu tun.

Schwester Helene ging der Sache nicht mehr nach, das war nicht ihre Aufgabe.

Susi verteidigte sich: »Aber Schwester Helene, du sagst doch immer, daß Gott die Sünder annimmt, und in der Geschichte mit der Sünderin ist es auch so. Kannst du ihm denn nicht vergeben und mir?«

»Ich glaube, daß die Bibel allein die Antwort auf alle unsere Fragen gibt und wir auch Antwort bekommen«, meinte Schwester Helene. »Es ist nicht meine Sache. Ich verurteile nie einen Menschen, weil ich mein Leben meinem Herrn ausgeliefert habe und freigeworden bin von der Herrschaft der Sünde. Verurteilen ist auch eine Sünde.«

Dunkelziffern

Wir wollten uns im Hauptbahnhof treffen, vor dem Blumengeschäft. Als ich aus dem Zug stieg, nahm auf dem Bahnsteig ein Liebespaar herzzerreißend Abschied. Ich hörte das Stöhnen und Heulen schon im Abteil. Und dann sah ich sie. Verwunderte Reisende starrten die beiden an.

Der schlankere Teil, ein junger Mann, blieb verhältnismäßig kühl. Ich sah ihm an, es wurde ihm peinlich, daß seinetwegen so geheult wurde. Er stand steif da und hatte sogar die Hände in den Taschen seiner alten Jeans. Er blickte über das heulende Elend vor ihm hinweg.

Natürlich dachte ich, daß eine Frau vor ihm stand, doch bei näherem Hinsehen entdeckte ich einen älteren Mann mit Glatze. Er trug einen Anzug mit Schlips und Kragen und hatte Bartstoppeln im Gesicht. Er fummelte an dem jungen Mann herum. Dabei heulte er wie ein läufiger Hund. Es war nicht zum Ansehen. Die Passagiere wandten sich entsetzt ab, und ich auch. Noch bis in den Tunnel hinunter verfolgte mich sein Jammern.

Ich war zu früh da und ging schnell noch zum Dom hinüber, um diese Bilder loszuwerden. Doch dort herrschte Betrieb wie auf einer Kirmes. Schulklassen wurden von ihren Lehrern schnell hindurchgeschleust und gemahnt, hier nur keine Pommes oder halbe Brötchen zu verlieren. Handwerker versuchten, einen Hebebaum aufzurichten. Japaner, die in Horden alles fotografierten, nahmen auch gleich diese Männer und ihren Kran auf. Verdutzte Fotomotive.

Ich dachte an die Menschen, die gezwungen worden waren, diesen Dom zu errichten und die im wahrsten Sinne für einen Gotteslohn gearbeitet hatten. Wie ganz anders waren diese Kirchen als der Herr, der sie gegründet hat! Ich weiß nicht, warum ich plötzlich so dachte. Ich dachte auch an den Dienst, den Schwester Helene tut, und an den Kardinal, der auf diesem Thron sich über die Gläubigen erhebt. Ich war nicht in der besten Laune an dem Tag, und das, was ich am Bahnhof erlebt hatte, erbaute mich auch nicht gerade. So verließ ich den Dom ziemlich schnell.

Als ich zum Blumengeschäft kam, wartete dort schon Schwester Helene. Natürlich in ihrer Schwesterntracht mit Häubchen, in den Händen Einkaufstaschen mit Traktaten, Kalendern und Bibeln. Aber aus den offenen Beuteln blühten mehrere Sträuße herrlicher Frühlingsblumen. Es sah so aus, als ob sie damit die Gräber aller ihrer Verwandten schmücken wollte.

Ich freute mich über ihre Blumen und ihr Lächeln und nahm die Taschen in die Hand. Wir wollten heute eine Gasse besuchen, in der früher die Bordelle offiziell untergebracht waren, in der aber auch heute noch Frauen ihre Liebesdienste anboten, obwohl es verboten war. Doch die städtischen Behörden übersahen das. So hatten sie immerhin mehr Kontrolle darüber, als wenn sich das Gewerbe über die ganze Stadt verbreitete und wucherte.

Angeekelt erzählte ich Schwester Helene von meinem Erlebnis auf dem Bahnsteig.

»Ja, ja«, antwortete sie. »Das menschliche Leben besteht aus Irrungen und Wirrungen. Durch welche Höllen muß dieser Mann gegangen sein.«

Ich hatte gedacht, einen Menschen zu treffen, der sich meiner Empörung anschloß, doch bei ihr überwog das Verständnis und das Mitleid.

Dunkle Gestalten begegneten uns auf dem ehemaligen Lagergelände. Ich wußte, daß sich hier kaum einer hereintraute und schon gar nicht im Dunkeln. Als Schwester Helene bemerkte, daß ich eine gewisse Furcht hatte, sah die kleine und zärtliche Person zu mir hoch, mit meinen breiten Schultern und Bergarbeiterfäusten. Wir waren ja wirklich ein unterschiedliches Paar, sie, die kleine Schwester, und ich so eine Art Bär. »Bruder Fritz«, tröstete sie mich, »wenn du Angst kriegst, dann komm dicht an mich heran. Da kannst du sicher sein. Mich kennen sie hier alle.«

Unter fetten Hennen

So nennen die Männer diese Gasse. Oft drückt der Volksmund genau aus, was dort geschieht.

Sicher wußte ich von solchen Straßen in den Großstädten, aber ich hatte dort nie etwas zu tun gehabt. Das war nicht der Platz, wo es mich hinzog.

Jetzt war ich erstaunt, als wir in diese Gasse eintauchten. Ich wurde sofort an verfallene Stadtteile in Afrika erinnert. Daß es so etwas Heruntergekommenes auch bei uns gab, hatte ich nie gedacht.

Die Straße war am Anfang und am Ende von Lagerschuppen eingerahmt, die nicht mehr gebraucht wurden und verfielen. Die Fensterscheiben waren eingeschlagen worden, durch eine eingetretene Tür konnte ich Lumpen und faulende Matratzen von Berbern, also Stadtstreichern, sehen. Es stank übel aus allen Luken und Ritzen heraus. Eine fette Ratte ließ sich Zeit, die Straße zu überqueren.

Fünf Berber saßen vor einer eingetretenen Tür in der Sonne, tranken billigen Rotwein aus der Flasche und rülpsten. Einer hatte sich von oben bis unten mit Erbrochenem besudelt. Ein Skelett von einem Hund strich um ihn herum.

In der Ecke nebenan fand Liebe statt, zwischen einem Jugendlichen, der am ganzen Körper bebte, und einer bestimmt vierzigjährigen Triefäugigen, die gleichzeitig eine selbstgedrehte Zigarette rauchte.

Das grobe Straßenpflaster stammte wohl noch aus dem Mittelalter und war anscheinend seitdem auch nicht mehr repariert worden. In den Schlaglöchern stand das Wasser. Es sah aus wie in einer Kloake.

Reste eines Bürgersteiges dienten wohl dazu, Fußgängern, die ihn benutzten, die Beine zu brechen. An den Wänden der verfallenden Häuser hingen Automaten, die in die Straße hineinpaßten oder auch nicht: für Zigaretten und Kondome.

Früher einmal war hier jahrhundertelang die Bordellgasse der Stadt gewesen. Doch dann waren die attraktiven Damen in einem Eros-Center hygienischer untergebracht worden. Eigentlich sollte daraufhin hier alles geschlossen werden, doch die älteren und unansehnlicheren Frauen blieben zurück oder mieteten sich hier wieder ein, in Häuser, die eigentlich abgerissen werden mußten. Aber die Hausbesitzer freuten sich über das Einkommen, und die Stadt gab es auf, genauer hinzusehen.

Es sah noch wie früher aus, obwohl der Glimmer und Glanz nun endgültig ab war. Die Haustüren hatten alle zwei Hälften, so daß eine Frau die obere öffnen und sich über die untere lehnen konnte. Die Fenster waren so tief gelegen, daß jeder weit ins Zimmer sehen konnte. Auch waren die Türen direkt von der Straßenhöhe zu erreichen, ohne Stufe, weder nach oben noch nach unten.

Ich sah in ein Fenster und entdeckte ein aufgeschlagenes, einladendes Bett, freche Poster und rotes Licht. Die Frau, die dazu gehören mußte, war aber nicht zu sehen.

Hinter dem nächsten Fenster stand eine Frau, doch sie bot einen trostlosen und erschütternden Anblick. Zwar trug sie ein kurzes, lilafarbenes Nachthemd aus Glitzerstoff, doch darunter schwoll alles katastrophal. Unheimlich fett und talgig schwappte ihr Fleisch über die Knochen. Die Haare hingen strähnig und fettig an ihrem Gesicht herunter. Aus ihren Augen schien das Blut gleich triefen zu wollen.

Plötzlich grinste sie mich an, wie ein abschreckendes Beispiel aus einer Monsterschau. Ich sah die Reste ihrer Zähne, nur noch wenige; sie faulten und waren dunkelbraun gebeizt.

Ich wandte mich ab, vor Ekel, aber diese Frau tat mir auch furchtbar leid, und ich schämte mich, daß ich mich ekelte. Ich sah, wie Schwester Helene ihr zulächelte und ihr freundlich winkte. Sie ekelte sich nicht.

Und dann brausten Mopeds und Geländemotorräder über das grobe Pflaster. Die Fahrer benutzten einen Spielplatz, den die Stadt in einer Bombenlücke gebaut hatte, als Sprungschanze und die Straße als Querfeldein-Piste. Dabei nahmen sie keine Rücksicht auf Passanten oder Kinder. Wir mußten zur Seite springen, und ich schimpfte ihnen hinterher. Schwester Helene versuchte mich zu beruhigen: »Sie meinen es ja gar nicht so.« Das ging mir nun aber leicht auf den Geist.

In dieser Gasse wohnten aber nicht nur käufliche Frauen, sondern auch normale Familien, meistens türkische. Eine Frau erklärte mir später: »Die deutschen Jungen überfallen uns, brechen bei uns ein und stehlen. Die türkischen machen für uns Einkäufe, sind immer da, wenn wir sie brauchen, aber die meisten von ihnen klauen auch.«

Die meisten Menschen, die an uns vorbeikamen, begrüßten Schwester Helene freundlich und respektvoll. »Ja, ja«, freute sich sich, »ich habe hier viele Freunde.«

Manuela mit den wehen Füßen

Eine Art von Stalltür wies eher ab, als sie einlud. Aus rohen, unterschiedlichen und verschieden geschnittenen Brettern war sie mit viel zu langen Nägeln zusammengezimmert worden. Einer hatte auf dem rauhen Holz seinen Pinsel und verschiedene Farben ausprobiert, die aber nur als Kleckse stehengeblieben waren. Abdrücke von Fußtritten gegen die Tür zeigten gehabten Unmut an.

Auch diese Tür bestand eigentlich aus einem oberen und unteren Teil, doch einer hatte versucht, mit groben Krampen, die schief und krumm saßen, die beiden Hälften zu verbinden. Der Putz fiel von der Hauswand, die Rollläden hingen herunter, und nichts deutete darauf hin, daß hinter der abweisenden Front ein Mensch lebte. Doch hier hausten Manuela und ihr Wohngefährte, der frühere Zuhälter und Schläger Karl. Beide taten aber so, als ob keiner zu Hause wäre, wegen des Vermieters, der sogenannten »Sitte« und der Polizei. Manuelas Kunden kannten das vereinbarte Klopfzeichen und wurden dann eingelassen.

Schwester Helene pochte sanft an die Tür und rief: »Manuela, hier ist Schwester Helene, mach doch bitte auf.«

Nach einer kurzen Pause hörte ich von drinnen einen frohen Ruf und Jungenschritte auf die Tür zueilen. Ein Riegel wurde zurückgestoßen, ein Vorhängeschloß und dann das Türschloß aufgeschlossen. Vor uns stand ein etwa sechzehnjähriger Türkenjunge.

Eine grobe Männerstimme fuhr ihn aus dem Inneren der dunklen Stube an: »Geh aus der Tür raus und laß die Schwester Helene ein.«

Fast jede Frau, die hier ihr Gewerbe anbot, wurde von so einem Jungen, der meistens noch im Hauptschulalter war, betreut. Der kaufte für sie ein, fegte das Zimmer aus, hielt sich dort auch auf, wenn ein Freier erschien, um dem zu zeigen, daß er zur Polizei oder um Hilfe laufen könnte, falls der Frau etwas passierte. Erst wenn das sogenannte Liebesspiel begann, wurde dem Jungen bedeutet, das Zimmer zu verlassen.

So ein Junge stand also vor uns, begrüßte uns und zog sich in den Hintergrund des Zimmers zurück.

Miefige Dunkelheit döste dort vor sich hin. Nur durch die Ritzen des Rolladens und jetzt durch die offene Tür fiel das trübe Licht eines verregneten Nachmittags hinein.

Zunächst entdeckte ich einen Minifernseher, über den ein schlecht eingestelltes Programm flimmerte. In irgendeinem uralten Film ging es um drittrangige Liebe. Eine sich anbiedernde Werbung unterbrach das Küssen im Bildstörungsregen.

Es stank nach Schweiß und Hund in dem Zimmer, nach Grobschnittnikotin und billigstem Fusel. Eine dickwanstige, verrauchte und angetrunkene Männerstimme knurrte den Jungen an und befahl ihm, die Rollos hochzuziehen, was der auch sofort tat.

Aus dem Halbdunkel erklärte er uns: »Wir wollen hier nicht gestört werden. Die kommen, die wollen nur was. Es ist besser, wenn keiner kommt, außer Manuelas Freunden. Die Leute hier taugen überhaupt nichts mehr. Das macht das Fernsehen, das macht alle kaputt.«

An der Wand gegenüber stand ein Bett, auf dem sich abgelegte Decken stapelten. Auf dem Tisch lag eine flekkige Decke, darauf ein Berg von grobem Tabak und daneben Zigarettenpapier. In einer schmuddeligen Tasse wurde trüber Kaffee kalt.

Der Mann namens Karl hing tief in einem Sessel mit gebrochenen Federn, während sich von der Liege unter dem Fenster eine Frau zu erheben versuchte. Auch diese Liege wurde von Decken, Bettschonern und Kissen überlagert. Ein stinkender, viel Haare lassender Hund kuschelte sich dort hinein.

Nun, bei Tageslicht, konnte ich die Frau schon genauer ausmachen. Ihre unwahrscheinliche Fettleibigkeit fiel auf. Schmutzige Haare fielen über die Ohren und in die flache Stirn. Augen, die eigentlich traurig waren, aber nun aufleuchteten, weil Schwester Helene kam, blinzelten ins ungewohnt helle Licht. Die Nase mußte irgendwann einmal gebrochen und nicht behandelt worden sein. Eine häßliche Narbe leuchtete rot von einem Mundwinkel herunter. Was sie am Körper trug, war kaum auszumachen; undefinierbare Farben und Formen, alles zerfloß. Die Gesichtsfarbe war grau und talgig. Fettwülste an den Armen, unter dem Kinn und um den Leib herum schienen die Kleidungsstücke zusammenrollen zu wollen.

Die Fingerspitzen der Frau hatten unzählige Zigaretten dunkelbraun gefärbt. Füße und Beine waren so unförmig geschwollen, daß kein Schuh und kaum ein Strumpf über sie gezwungen werden konnten.

Trotz ihrer Unförmigkeit und Lethargie versuchte sich die schwere Frau zu erheben. Doch es gelang ihr nicht, sie sackte wieder auf die Liege zurück.

»Tut mir leid, Schwester Helene«, entschuldigte sie

sich mit Tränen in der Stimme, »aber ich freue mich so, daß du gekommen bist.«

Schwester Helene ging schnell zu ihr, gab ihr einen Strauß Blumen, umarmte und küßte Manuela so, daß diese vor Rührung und Freude Tränen rollen ließ. Auch der schwere Mann mußte an sich halten, und räusperte sich laut.

»Ach Schwester Helene«, rief Manuela, »wie ich mich freue! In der letzten Woche bist du nicht gekommen, und ich dachte schon, dir sei etwas passiert. Und Blumen bringst du mir mit. Mir hat noch nie ein Mensch Blumen geschenkt, außer dir.« Und wieder umarmten sich die Frauen.

»Aber ich habe dir doch schon vorher gesagt, daß ich nicht kommen kann«, versuchte Schwester Helene zu erklären.

»Ja, ja«, gab Manuela zu, »aber trotzdem habe ich solche Angst gehabt.« Nun fing sie an zu weinen. Eigentlich sah die Frau nicht so aus, als ob sie wegen jeder Kleinigkeit weinen würde, sonst hätte sie es auch bestimmt nicht in dieser Umgebung ausgehalten. Sie war als hart und ruppig bekannt, doch bei Schwester Helene heulte sie sich aus, wie ein kleines Mädchen bei seiner Mutter.

Karl lag wie eine Wucht in seinem Sessel, genauso schwer wie Manuela, aber muskulöser. Über seine Unterarme und über die behaarte Brust liefen Szenen aus Liebe, Hafen und Kneipen. Sein Gesicht wurde ein wenig durch Narben und die angebrochene Nase entstellt, aber sein Blick war gutmütig. Unter den aufgedunsenen Tränensäkken sah ich drei Tränentropfen eintätowiert, das Zeichen der Knackis, die damit die Jahreszahl ihrer Gefangenschaft angeben.

Als wir eingetreten waren, hatte er schnell die unteren Knöpfe seines Hemdes zugeknöpft, um die dort eindeutig dargestellte Szene etwas zu verdecken. Es fiel ihm nicht leicht, das mit seinen breiten und geschwollenen Fingern zu tun. Dann drehte er Zigaretten für Manuela und sich, ganz feine und glatte, die man seinen klobigen Fingern gar nicht zugetraut hätte. Vor ihm stand eine halbvolle Bierflasche, aus der er schnell noch einen gewaltigen Schluck nahm, als ob er gleich verdursten müßte.

Unter dem Tisch sah ich eine halb ausgetrunkene Flasche Schnaps. Der Fusel schillerte nicht gerade appetitlich zwischen grau und gelb. Karl stank schon intensiv danach.

Als Schwester Helene jetzt auch zur Begrüßung zu ihm kam, stand er auf. Er wurde zwar auch umarmt, bekam aber keinen Kuß.

Schwester Helene sah auf den Jungen, den sie nicht kannte. Karl, der sich überall vordrängen mußte, erklärte: »Wir lassen hier keine Fremden mehr herein. Die klauen der Manuela alles weg, weil sie nicht so schnell aufstehen kann. Aber dieser Ali, der darf immer kommen. Der weiß ja auch schon, was die Manuela hier macht, wenn Männer kommen. Oder sollen wir ihn wegschicken, wenn du hier bist, Schwester Helene?«

»Nein, nein, nur nicht«, bat Schwester Helene. »Er soll ruhig zuhören und auch Fragen stellen können. Unser Herr hat jeden Menschen lieb, auch den Ali.«

Schwester Helene setzte sich neben Manuela aufs Bett und hielt ihre Hände fest. So saßen die beiden Frauen da und streichelten sich mit ihren Blicken bis in die Seelen hinein.

Das gefiel dem Karl aber gar nicht besonders gut. Er drängte sich wieder in diese Beziehung hinein: »Also eigentlich wohne ich ja oben, aber warum soll ich da oben immer alleine sein, wenn die Manuela hier schon alleine ist? Wenn da einer kommt, dann ziehe ich mich schon zurück. Soviel Anstand habe ich auch noch. Ich kann auch besser kochen als die Manuela, und zum Fernseher habe ich mehr als die Hälfte beigetan. Ja, ja, ich sehe auch meistens das, was die Manuela gar nicht will, aber die ist ja auch eine Frau. Die Manuela ist auch viel zu gutmütig, die läßt hier jeden rein. Und die klauen ihr alles weg. Wenn die aber wissen, datt der Kerl hier ist, dann traut sich keiner mehr mit den dreckigen Fingern an ihre Klamotten ran.«

Er redete und redete, als ob er sich verteidigen müsse, bis die beiden Frauen nicht mehr zuhörten und ihr eigenes Gespräch begannen.

Manuela klagte über ihre geschwollenen Beine. Jeder Schritt tat ihr weh. Sie bekam die Füße gerade noch in viel zu große, offene Sandalen hinein.

»Der Karl ist nett«, erklärte sie Schwester Helene. »Der hat mich schon vom Bus bis hierher geschleppt, wenn wir von der Fürsorge kamen.«

Sie erzählte auch von den vielen Krankheiten und der Schwermut, die sie befallen hatte: »Immer muß ich an den Tod denken, und ich habe solche Angst davor und daß die Schmerzen immer wieder schlimmer werden. Aber wenn du kommst, dann geht es mir wieder besser, dann fühle ich mich so wie damals, wenn meine Mutter nach Hause kam. Dann war alles wieder gut.«

So etwas hörte der Karl gar nicht gerne. Er versuchte sich immer wieder ins Gespräch einzumischen, mit seinen Krankheiten und Erlebnissen, gegen die Manuelas Leiden gar nichts seien, doch Schwester Helene nahm weder ihren Blick noch ihre Aufmerksamkeit von Manuela.

So suchte er in mir einen Zuhörer. Zunächst holte er ein Zahnputzglas, das neben der Waschschüssel mit dem gebrauchten Wasser stand, hielt es mir hin und fragte, ob ich auch einen Schnaps haben wollte.

Ich bedankte mich, lehnte aber ab. Karl war beleidigt und kippte darum einen noch größeren Schuß aus der Flasche in seinen Schlund.

Dann sah er auf den laufenden Fernseher, als ob ich gar nicht mehr da sei. Ich blickte auch hin. Es lief eine Nachrichtensendung, von Werbespots unterbrochen. Das Flimmern brachte ein bißchen Helligkeit ins Zimmer.

Als Karl bemerkte, daß ich nicht mehr auf die Frauen hörte, sondern fernsah, gewann ich bei ihm als Geschlechtskumpel. »Jau«, erklärte er mir, »ich sehe nur RTL. Das sind die besten, die anderen sind nur Schrott für die Polizei. RTL, die sind auch überall als erste und den Fußball haben sie denen mit der großen Klappe auch abgenommen. Die vom RTL sind nicht immer für die Bullen, sondern sehen auch mal unsere Seite.«

Die Nachrichtensendung wurde durch einen Krimi abgelöst, der sofort damit begann, daß ein Detektiv in eine Wohnung einbrach und dort alles verwüstete, weil er einen Verdächtigen suchte.

Das gefiel Karl offensichtlich. Ohne Zusammenhang für mich erklärte er mir: »Den Peter Strom kenne ich auch, persönlich.«

Ich mußte erst einmal eine Weile nachdenken, ehe ich darauf kam, wer das war: Der Name eines Privatdetektivs, der in einer Fernsehserie alles, wenn auch mit brutalen Mitteln, aufklärt.

Karl wollte mich noch mehr überraschen, er stand auf, holte einen Stapel Fotografien von einem Koffer und legte sie mir vor. Sie zeigten Dreharbeiten, die hier in der Stube und vor dem Haus stattfanden. Mit dem sogenannten Peter Strom; der hatte auch einige große Fotos von sich mit einem sehr männlichen Schriftzug unterzeichnet. Auf dem einen Bild stand sogar: »Der Manuela und dem Karl gewidmet.«

Ich wollte Karl die Bilder sofort wieder zurückreichen, doch er bestand darauf: »Guck sie dir erst mal in aller Ruhe an. An so was kommst du nämlich sonst nicht ran.«

Ich hörte kurz mit, wie Manuela sich dafür entschuldigte, daß noch immer Gäste zu ihr kamen. »Eigentlich will ich ja nicht, aber die kommen noch von früher. Die sind auch alt und dick geworden. Und dann reicht das Geld vom Sozialamt ja auch nicht. Wenn du mir nicht das Geld zustecken würdest, käme ich sicher um, der Karl kriegt ja auch nicht mehr als ich, und der trinkt ja alles weg. Es ist nur schlimm, daß die Betrunkenen und die ganz Schlimmen zu mir kommen. Aber rausschmeißen kann ich die auch nicht, denn dann hauen die uns die Bude kaputt, und der Karl kommt gegen die alle nicht an. Manchmal kommen sie zu viert oder fünft. Dann ist es schon schlimm, und ich muß so tun, als ob das nichts wäre. Ach, Schwester Helene«, seufzte Manuela und drängte sich wieder an sie.

Karl war sauer, weil ich mir seine Fotos nicht zum vierten Mal ansehen wollte und kein Interesse an dem Fernsehkrimi zeigte, sondern lieber auf das Gespräch der Frauen hörte. Ächzend stand er auf und behauptete: »Alles muß ich machen, die Weiber quatschen nur rum.« Er trug das unbenutzte Glas weg, legte die Fotos auf den Koffer zurück und nahm den Schlüssel für die Toilette im Flur des Nachbarhauses, die für die Bewohner von drei Häusern reichen mußte.

Als Karl gegangen war, schob Schwester Helene Manuela einen Zwanzigmarkschein zu.

Manuela wollte ihn nicht nehmen: »Meinst du nicht, daß andere ihn noch mehr gebrauchen können?«

Doch Schwester Helene legte ihr den Schein auf die Hand und strich darüber, wie über eine kleine Pustewunde.

Als Karl zurückkam, fing er wieder von Peter Strom und RTL an. Er wußte auch alles besser, über Fußball, Politik und die ganze Welt, und sprach immer lauter, obwohl ihm keiner zuhörte, auch Ali nicht, der fasziniert Schwester Helene ansah und nicht wußte, was er von ihr halten sollte.

Karl kam dann auch noch auf die Ärzte zu sprechen, die angeblich alle nichts taugten. Er hatte von einem Heilpraktiker gehört, der durchs Telefon die Krankheit voraussagen und heilen konnte. Da er wohl sah, daß ich ihm nicht glaubte, stieß er Manuela ziemlich ruppig an und wollte von ihr die Bestätigung haben. Manuela nickte ganz kurz, ohne ihr Gespräch mit Schwester Helene zu unterbrechen.

Dann verteilte Schwester Helene Traktate. Das teure Glanzpapier fiel auf der schmuddeligen Tischdecke und neben der Bierflasche und dem Tabakberg ganz besonders auf. Auf Manuelas Nachttisch hatte ich inzwischen die Bibel und die Losungen entdeckt.

Schwester Helene begann: »Ehe ich euch etwas von Gottes Liebe erzähle, möchte ich beten.«

Sie faltete die Hände und senkte den Kopf. Die anderen taten es auch, sogar Ali, der vorher aber genau hingesehen hatte, wie man so etwas tat. Karl schnaufte zwar zunächst, aber dann lagen die gefalteten Hände doch auf seinem Bauch.

Danach begann Schwester Helene, von dem neuen Himmel und der neuen Erde zu erzählen, doch Karl mußte sich einmischen und beweisen, daß auch er etwas von Theologie verstand. Er stellte laut und unumstößlich fest: »Ja, ja, der Petrus, der paßt schon da oben auf, daß nur die Richtigen reinkommen. Und die Richter und Bullen sind noch lange nicht drin . . .«

»Das hat mit dem Petrus gar nichts zu tun«, mischte sich Schwester Helene ein. »Unser Herr Jesus Christus, der für uns gelitten hat und der unsere Schuld auf sich genommen hat, der bestimmt, wer in die Ewigkeit kommt.

Aber er hat uns alle lieb. Jeden von uns. Er möchte, daß wir alle gerettet werden. Wenn wir vor Gott stehen müssen, dann wird sich unser Heiland vor uns stellen, mit ausgebreiteten Händen, wie am Kreuz. Dann wird von uns für Gott nicht mehr zu sehen sein als nur Er, sein Sohn und unser Bruder. Er verdeckt unsere Schuld und alles, was wir getan haben. Das möchte er für jeden von uns tun, aber das müssen wir auch annehmen, unsere Sünden müssen uns leid tun.«

Karl wollte wieder etwas sagen, doch Manuela fuhr ihn an: »Nun hör doch endlich auf zu quasseln. Hör doch zu, wir haben es doch alle nötig, gerettet zu werden.«

»Amen«, antwortete Schwester Helene. Dann ergriff sie die Hände der drei und betete mit ihnen.

Da fiel Ali vor Schwester Helene auf die Knie nieder und küßte ihre Hände.

Claudia und ihr Gast

Ich folgte Schwester Helene zur nächsten Stalltür, die offen stand, weil oben im Haus auch noch einige Frauen wohnten. Obwohl der Estrich im Flur abgetreten war, konnte ich doch feststellen, daß er regelmäßig gründlich geschrubbt wurde, und ich roch auch noch die starken Putzmittel. Nur eine Handbreit neben der Haustür lag schon die zum nächsten Zimmer. Dem Gast sollte jeder Weg so kurz wie möglich gemacht werden.

Schwester Helene pochte wieder freundlich an die Tür und stellte sich vor.

»Hallo, hallo!« rief von innen eine Frauenstimme fröhlich und überrascht und befahl jemandem: »Mach die Tür sofort auf.«

Ein türkischer Junge tat es, sah uns erstaunt aus einem Mondgesicht an und trat schnell zur Seite. Wir betraten ein helles, freundliches, peinlich sauberes Zimmer.

Eine schwere, aber noch sehr junge Frau, kaum dreißig, erhob sich, was ihr einige Mühe bereitete. Sie drückte die Zigarette, die sie noch halbgeraucht zwischen den dicken, blaulackierten Fingern hielt, schnell aus.

Ihre Haare hatte sie gebleicht, kurz geschnitten und hoch gebürstet, die geschminkten Lippen paßten zum Rot ihres Pullovers und die blauen Fingernägel zur Farbe des Rockes. Ihre Kleidung war so sauber wie neue, ihr Gesicht wirkte frisch gewaschen und der schwere Körper, als ob er gerade aus einer Badewanne gekommen sei. Ein fröhliches, nicht aufdringliches Parfüm erfüllte das Zimmer.

Das war so ordentlich aufgeräumt wie eine Puppenstube. Hier wohnte die junge Frau nicht, sondern sie benutzte es nur als ihr »Arbeitszimmer«, in dem sie tagsüber ihre männlichen Gäste empfing. Das Bett war so ordentlich gemacht, als ob es nur auf den nächsten Gast wartete. Handtücher hingen bereit, und auf und neben dem Waschbekken lag alles, was zur näheren und weiteren Hygiene gehörte. Gehäkelte Deckchen gab es, einen Kalender mit spielenden Kindern, an der Wand ein Poster mit einer leichtverhüllten, orientalischen Tänzerin.

Claudia sah, wie ich dieses Poster musterte, und entschuldigte sich: »Es ist doch nicht unanständig, aber so etwas muß ich ja in meinem Zimmer haben.«

Ihr Gesicht mußte früher einmal sehr schön gewesen

sein, mit blonden Haaren und blauen Augen, die sehr lieb waren, noch immer. Grübchen verschönten ihre Wangen, und ihr Lächeln war freundlich und herzlich. Eine gewisse Unschuld lag über ihr. Doch als sie ihren Mund zu einem Lächeln öffnete, sah es dort ganz furchtbar aus. Sie besaß nur noch wenige Zähne. Mit dem dezenten Lippenstift drum herum wirkten die übriggebliebenen noch erschütternder. Eine junge Frau mit einem ausgeräuberten und ausgebrochenen Mund. Aber ich konnte sie mir auch als ein liebes kleines Mädchen vorstellen, mit blonden Zöpfen und der Kerze für die Kommunion in der Hand. Sie kam aus Köln, ich hörte es am Akzent.

Schwester Helene und Claudia umarmten sich.

Claudia berichtete von ihrem Mann, der jedes Jahr zu Schwester Helenes Weihnachtsfeier ging, schon über siebzig war und sich rührend um Claudia kümmerte. Er hielt zu Hause alles in Ordnung und einmal in der Woche kam er sogar hierher, um den großen Hausputz zu machen.

Ich hatte einige Probleme, die junge Frau, in diesem Metier, und den Mann von über siebzig zusammenzubringen. Doch Claudia fuhr weiter fort, von ihm alles mögliche Liebe zu berichten. Jeden Morgen stand er früh auf, holte Brötchen und kochte den Kaffee. Manchmal begleitete er sie auch hierher, und wenn sie abends nach Hause kam, stellte er sofort den Fußball im Fernseher um und ließ das laufen, was Claudia gerne sehen wollte. Claudia war offensichtlich sehr glücklich mit ihm.

Der Junge mit dem Mondgesicht und einer Fußballfankappe darüber sah aus wie einer vom Mond, der zwar alles sah und hörte, aber nichts verstand. Erst als Claudia ihm einen Wink gab, verließ er das Zimmer. Er hatte sich schon vorher gelangweilt, aber auf das Kommando gewartet, ehe er sich traute, den Raum zu verlassen.

Außer diesem Jungen gab es aber noch einen Mann im Zimmer, den ich anfangs beinahe übersehen hätte. Er war höflich aufgestanden, als wir den Raum betraten, hatte den Sessel für Schwester Helene freigemacht und sich auf eine mobile Heizbatterie gesetzt. Er fiel auch sonst kaum auf, das schmächtige und unscheinbare Kerlchen. Ich sah ihm den langjährigen Arbeitslosen an, der an keine Hoffnung mehr glauben konnte und wollte. Ein viel zu dünnes Bärtchen sollte seine schmale Oberlippe männlicher gestalten, doch es versagte kläglich. Etwas über dreißig Jahre war er alt, Jahre voller Versagen und Hoffnungslosigkeit. Der arme Kerl konnte mir nur leid tun. Die Haare begannen sich schon zu lichten und fielen ungeordnet in seine blasse, schmale Stirn. Von seinen schmalen Schultern hing eine traurige, abgetragene Jacke; die Hose suchte vergeblich nach einem Halt und ließ die Aufschläge unten schon über den Boden fegen, wenn er sich bewegte.

Er hatte getrunken. Ich sah es, wenn er sich bewegte. Er konnte seine Beine, Arme und auch die Stimme nicht mehr voll kontrollieren. Doch plötzlich nahm er all seinen Mut zusammen und stellte sich vor, obwohl Claudia von einem ganz anderen geredet hatte: »Ich bin der Mann von der Claudia.« Wohl auch, um einen besseren Eindruck vor uns zu machen.

Claudia lächelte, nahm es ihm nicht übel, war es gewohnt, ihre Gäste liebevoll zu korrigieren: »Nein, nein, wir sind nicht verheiratet, er ist ein Gast bei mir.«

Schwester Helene ging auch darüber hinweg und überreichte Claudia einen großen Blumenstrauß. Claudia freute sich so sehr darüber, daß sie Schwester Helene schnell ein Küßchen auf die Wangen hauchen mußte, so, daß nichts vom Lippenstift haften blieb.

Nach einem Plausch über alles möglich, schenkte ihr Schwester Helene einen Zwanzigmarkschein, und dem verdutzten Gast auch.

Der wollte erst nicht und wurde über und über rot. Doch Schwester Helene drückte ihm die Finger über dem Schein zusammen: »Sie brauchen das Geld sicher auch. Bitte nehmen Sie es als ein Gottesgeschenk.«

Der junge Mann steckte es zwar etwas verlegen, aber doch dankbar ein. Er sah so aus, als ob er in seinem Leben bestimmt noch nicht viel Gutes und Verständnis erfahren hätte. Schwester Helene betrachtete er wie einen Engel und bemühte sich, sich so gut zu benehmen wie die lieben Kinder vor dem Sankt Nikolaus.

Schwester Helene begann eine biblische Geschichte zu erzählen, und zwar die vom verlorenen Sohn, dem sie noch eine verlorene Schwester zugesellte.

Doch das wollte der junge Mann gar nicht hören. Er versuchte, kritisch einzugreifen: »An Gott glaube ich auch, aber mit dem Jesus kann ich überhaupt nichts anfangen. Der ist so wie die von der Kirche, die tun so, als ob sie besser wären, und dann segnen sie doch die Atombomben.«

Claudia mischte sich ein: »Nun sei mal ruhig, du kommst gleich noch dran. Laß jetzt mal die Schwester Helene reden, die versteht mehr davon als wir, und die ist auch viel besser.«

»Nein, nein, nein«, protestierte Schwester Helene. »Ich bin gar nicht besser. Wir Christen sind nicht besser als die anderen Menschen, wir sind nur besser dran, weil uns der Heiland angenommen hat, so wie wir sind, und weil wir uns darüber freuen können. Das könntet ihr auch, und das möchte der Herr gerne.«

»Aber ich bin doch evangelisch!« warf der junge Mann erschrocken ein, so als ob ihm dadurch der Himmel verschlossen sei. »Ich kann ja nichts dafür, Mutter Teresa, die Eltern haben mich so gemacht.« »Die heißt nicht Mutter Teresa, sondern Schwester Helene«, korrigierte ihn Claudia, »und das weiß ich auch, daß das vor Gott nicht zählt, ob du katholisch oder evangelisch bist. Die Schwester Helene ist auch evangelisch und ich katholisch. Nur die Menschen haben diesen Unterschied gemacht.«

Schwester Helene stand dann auf und entschuldigte sich: »Ich muß ja noch zu den anderen Frauen.«

Da sah Claudia ganz traurig zu ihr hoch und fragte: »Beten wir denn nicht zusammen?«

»Natürlich«, entschuldigte sich Schwester Helene und setzte sich wieder.

Der junge Mann sah sich erschrocken um. Er suchte nach einem Altar und Kerzen und dachte wohl schon daran, die Vorhänge zuzuziehen.

Die beiden Frauen falteten ihre Hände, der junge Mann auf dem unbequemen Heizkörper auch.

Schwester Helene betete, für uns alle. Sie bedankte sich dafür, daß uns einer hörte.

Dann, nach einer längeren Pause und einigem Ringen betete Claudia, das Gebet, das sie noch von zu Hause kannte, von der frommen Oma: »Lieber Gott, mach mich fromm, daß ich in den Himmel komm, und die Schwester Helene auch, und die Frauen hier. Amen.«

»Amen«, betete Schwester Helene mit.

Als wir schon wieder unsere Köpfe hoben, fing der junge Mann an: »Lieber Gott, sei doch mit den Pennern, damit die nicht so frieren und Hunger haben und ein Dach über dem Kopp . . .«

»Ja«, sagte Schwester Helene zu ihm, »es ist schön, daß du auch an andere denkst.« Und sie gab ihm einen Kuß dafür.

Schunkeln mit der fast blinden Maria

Wir gingen ins zweistöckige Haus schräg gegenüber. Alles an diesem Gebäude war besser erhalten, schon die Fassade, dann auch der Flur und die Treppe.

Schwester Helene erklärte: »Weil früher einmal die Bordellmutter hier gewohnt hat, als es noch legal war. Heute lebt sie in einem Bungalow in der Eifel und kommt nur noch zu Großeinkäufen in die Stadt. Dabei tritt sie wie eine russische Großfürstin auf und duftet auch so.«

Wir klingelten an einer Tür in der zweiten Etage.

»Wer ist da?« fragte eine mißtrauische Frauenstimme.

»Schwester Helene«, antwortete sie fröhlich.

Sofort wurden innen Schlösser entriegelt, Ketten zurückgenommen und eine große, dicke Brille suchte nach der Schwester, erkannte gerade noch das Häubchen und fiel ihr in die Arme.

Das war Maria, 73 Jahre alt und fast blind.

»Endlich, endlich besuchst du mich! In der vorigen Woche bist du gar nicht gekommen, wo ich doch den ganzen Tag lang auf dich gewartet habe.«

»Ich habe es dir doch vorher gesagt, Maria, daß ich nicht kommen würde. Ich war doch beim Ministerpräsidenten Rau eingeladen.«

»Ach ja«, entschuldigte Maria sich. »Aber trotzdem war ich so traurig.«

Trotz ihres Alters war Maria noch in ihrem Gewerbe tätig. »Ich muß ja weitermachen, die Sozialhilfe reicht nicht, und mein Sohn ist oft arbeitslos und muß Alimente für seine Tochter zahlen.«

Maria sah nicht aus wie über siebzig und schon gar nicht, wie man sich eine Frau aus diesem Milieu vorstellt. Sie hatte sich ausgezeichnet gehalten. Sie mußte einmal sehr hübsch gewesen sein, eine dunkle Schönheit von der Mosel, mit römischem Legionärseinschlag. Bestimmt war sie einmal zur Winzerkönigin gewählt worden.

Ihre Haare hatte sie sich schwarz färben lassen, doch oben am Scheitel brach die Farbe ins Braun ab, und darunter zeigte sich Grau.

Sie sprach den Dialekt der Mosel, bestimmt war sie früher einmal eine richtige Frohnatur gewesen, die die Nächte im Karneval durchgemacht hatte. Auch jetzt noch kleidete sie sich wie ein Mädchen. Die schwarzen, engen Hosen kniffen bestimmt und preßten sich an die schlanken Beine. Von den schwarzen Netznylons war auch noch eine fesselnde Partie zu sehen. Ihre Füße standen in eleganten Teenager-Lackschuhen.

Ich dachte daran, wie Frauen in ihrem Alter sich früher kleideten. Meine Großmutter fiel mir ein, die ich sah, als sie gerade fünfzig geworden war. Sie trug immer Schwarz. Drei oder vier Röcke übereinander, schwarze, selbstgestrickte Strümpfe, zwei schwarze Strickjacken, ein großes Kopftuch in der gleichen Farbe. So kam sie aus Masuren ins Ruhrgebiet. Keinen Zahn hatte sie mehr im Mund, und kaum war sie bei uns angekommen, da begab sie sich schon an die Böschungen der Straßen und suchte Löwenzahn für unsere Kaninchen. Schon mit fünfzig sagte sie zu meinen Eltern: »Eigentlich müßte ich schon sterben, weil mein Mann solange nicht mehr da ist. Aber das Herrgottchen hat mich sicher vergessen.«

Als die Großmutter unsere Möbel sah, die Mutter von Rechtsanwalts geschenkt bekommen hatte, bei denen sie vor ihrer Heirat in Stellung gewesen war (sie waren natürlich schon gebraucht), schlug unser Omachen die Hände über dem Kopf zusammen und rief: »Euch geht es doch viel zu gut, es werden bald schlechte Zeiten kommen, so ist es immer!«

Als wir ein Familienfoto mit Oma aufnehmen wollten, weigerte sie sich, zu lächeln: »Eine alte Frau lacht nicht.«

Doch es war wunderbar und heimelig, wenn sie meine Schwester und mich in den Schlaf sang, mit ihren deutschen und masurischen Kinderliedern. Wir spürten soviel Wärme durch ihre knochige, verrunzelte Hand, und trotz der Schwielen ihre Güte.

Ja, ich dachte an meine Großmutter, als ich die 73jährige Maria musterte.

Die beiden alten Frauen setzten sich und sprachen sich aus. Die außerordentlich saubere Wohnung wurde mindestens einmal in der Woche von Marias Sohn geputzt.

Sie beklagte sich darüber, daß man sie furchtbar bestahl, weil sie so schlecht sehen konnte. Auch Gäste betrogen sie, zahlten einen Schein und nahmen drei andere mit. Zigaretten fand sie nie, auch wenn sie gerade erst eine Schachtel gekauft hatte. »Eigentlich sollte ich in meinem Alter das Rauchen lassen«, fand Maria. »Aber wenn man es das ganze Leben lang getan hat, schafft man das nicht mehr.«

Schwester Helene nickte verstehend, schenkte ihr ein Paket mit ihrer Marke, einen Fünfzigmarkschein und natürlich auch einen Blumenstrauß.

Maria war zu Tränen gerührt und bedankte sich mit Umarmungen und Küssen. »Ich fühle mich hier so allein«, klagte sie. »Für die anderen Frauen bin ich zu alt, und sie haben immer zu tun. Aber ich will nicht klagen, ich bin so dankbar, daß mich der liebe Herrgott so alt werden läßt, obwohl ich nicht das beste Leben geführt habe, und daß du, Schwester Helene, immer noch zu mir kommst. Ich weiß gar nicht, was sein wird, wenn du nicht mehr kommen kannst. Aber sicher werde ich früher sterben als du. Das ist besser für mich.«

Vor kurzem hatte sich Maria nicht wohlgefühlt und darum einen Arzt aufgesucht und dann das Krankenhaus. Doch sowohl die Ärzte als auch die Schwestern hatten ihr schroff gesagt, daß ihre Krankheit auf ihren unsoliden Lebenswandel zurückzuführen sei.

Tränen rannen der alten Frau über die Wangen, und zogen tiefe Spuren durch den Puder, als sie Schwester Helene davon berichtete. »Ich weiß ja, daß ich noch immer eine liederliche Frau bin, und es tut mir auch leid. Aber ich weiß auch, daß der liebe Gott mich nicht verstoßen hat, das sagst du mir ja immer wieder.«

»So ist es auch«, bestätigte Schwester Helene. »Vor unserem Vater im Himmel können wir wie kleine Kinder sein. Aber wir müssen ihm auch bekennen und Reue für das zeigen, was wir getan haben, und um Vergebung bitten.«

»Das tue ich doch«, weinte Maria. »Aber dann tue ich es doch wieder, und Spaß macht es auch. Ich weiß, daß es schlimm ist. Ich sollte es lassen . . .«

»Wir sind alle Sünder und leben von seiner Gnade«, versuchte Schwester Helene wieder Solidarität zwischen den Frauen herzustellen.

»Aber Schwester Helene, ich kann mir überhaupt nicht vorstellen, daß du etwas Böses tust.«

»Ich bin genauso eitel«, protestierte Schwester Helene, »auch wenn ich eine Schwesterntracht trage. Und wenn man sich besser fühlt als andere Menschen, dann ist es noch schlimmer, als wenn man die Gebote des Vaters übertritt.«

Maria zweifelte ein wenig. Für sie war Schwester Helene eine Heilige, und dabei blieb sie.

Maria erzählte: »Im Krankenhaus habe ich mich so hilflos gefühlt, wie ein kleines Kind. Und sogar ins Bett habe ich gemacht. Wie ich mich geschämt habe.«

»Das brauchst du nicht«, beruhigte Schwester Helene sie. »Als ich noch als Operationsschwester in Hamburg arbeitete, habe ich Patienten betreut, denen es ebenso ging. Ganz besonders erinnere ich mich an einen Professor, der vorher in unserem Universitätskrankenhaus Chef war und den alle fürchteten, weil er so streng und auch ironisch war. Er war in ganz Deutschland wegen seines Könnens bekannt.

Und dann kam er als hilfloser Patient auf meine Station. Ich sollte ihn betreuen. Ich kannte ihn gar nicht mehr wieder. Er war so hilflos wie ein kleines Kind und er wußte es und schämte sich. Bestimmt erinnerte er sich auch, wie er früher Patienten in dieser Lage angeraunzt hatte.

Nun lag er wie ein Häufchen Elend vor mir. Ich mußte sein Bett reinigen und ihn wie ein Kind auf die Pfanne legen. Der früher so starke Mann war bis auf die Knochen abgemagert und konnte nicht einmal mehr alleine stehen. Wir wußten, daß er bald sterben mußte. Die Ärzte sagten es ihm auch so brutal, wie er früher seine Todeskandidaten informiert hatte, doch er wollte es ihnen nicht glauben.

Kaum einer besuchte ihn; auch seine junge Frau, seine dritte, erschien nur selten und kurz. Es wurde gemunkelt, daß sie etwas mit einem der jungen Ärzte hatte. Manchmal versuchte der Professor auch, doch noch den Chef herauszukehren, aber diese Anwandlungen vergingen ihm schnell wieder, weil er so schwach war.

Eines Nachts klingelte er nach mir und bekannte mit Tränen in den Augen: ›Schwester Helene, Sie wissen ja noch, wie ich die Menschen hier behandelt habe, als ich noch der Chef und gesund war. Wieviele Studenten habe ich durchfallen lassen, obwohl ich ihnen noch eine Chance hätte geben müssen! Meine Assistenten habe ich wie den letzten Dreck behandelt und sie für mein Einkommen ausgenützt. Mit Hohn habe ich meine Kollegen übergossen, und die Schwestern waren für mich kaum da, außer wenn ich mit einer ins Bett gehen wollte. Und wenn ich dann das bekommen hatte, was ich wollte, habe ich sie verhöhnt und zum Teufel und in die Lächerlichkeit geschickt.

Ich habe meine Ehefrauen betrogen, meine Kinder vernachlässigt und nur an mich gedacht. Sicher, ich habe wie ein Pferd geschuftet, ich tat mein Bestes auf dem Operationstisch und ließ keinen liegen, doch das brauchte ich alles zu meiner Ehre.

Aber jetzt bin ich ein hilfloses Häufchen Elend und nichts mehr. Schwester Helene, Sie sind der einzige Mensch, der mir noch helfen kann. Alle anderen haben mich verlassen, auch meine Frau und die Kinder.

Schwester Helene, können Sie mir helfen? Ich fühle mich so elend und allein, und alles tut mir leid.‹

Ich verstand ihn, er tat mir leid. In dieser Nacht betete ich für ihn und las ihm Gottes Wort vor. So ist er ganz ruhig gestorben. Ich war bei ihm, als er die Augen schloß.«

»Schwester Helene, ich möchte auch, daß du bei mir bist, wenn meine letzte Stunde kommt.«

»Ja, das werde ich!« versprach Schwester Helene. »Aber ich bin doch auch jetzt bei dir.«

Maria lächelte durch ihre Tränen hindurch und hielt sich an Schwester Helene fest. »Schwester Helene, ich habe noch einen komischen Wunsch«, bekannte sie.

»Sag ihn mir nur«, antwortete Schwester Helene.

»Auch wenn er so komisch ist?« fragte Maria.

»Auch dann«, lächelte Schwester Helene.

Maria wischte sich die Tränen ab, zögerte noch, und sagte dann: »Schwester Helene, ich weiß nicht, ob du mich verstehst. Du kommst aus Hamburg und bist keine Rheinländerin. Wir feiern hier so gerne Karneval und schunkeln. Ich möchte mit dir gerne ein Lied singen und mit dir und dem Bruder Fritz schunkeln. Bist du mir jetzt böse?«

»Nein, nein«, beruhigte Schwester Helene sie. »Aber ich kenne keine Karnevalslieder, und ich habe auch noch nie geschunkelt.«

»Ich bringe es euch bei!« meinte Maria eifrig.

Und dann sangen wir: »O du wunderschöner, deutscher Rhein, du sollst ewig Deutschlands Zierde sein.« Maria sang die Strophen vor, wir drei schunkelten und fielen in den Refrain ein. Dann sang sie noch zwei andere Lieder, und wir sangen und schunkelten mit. Wie glücklich war Maria, und wir beide lachten auch. Sie wollte uns gar nicht gehen lassen.

Als wir schon standen, fragte Maria enttäuscht: »Schwester Helene, beten Sie doch noch für mich.«

Schwester Helene betete. Dann wartete sie darauf, daß Maria im Gebet auch etwas sagte, doch die entschuldigte sich: »Ich kann heute nicht.«

Aber als Schwester Helene daraufhin seufzte, entrang sich Maria doch noch ein Satz: »Lieber Gott, lieber Gott . . .«

»Das genügt«, tröstete sie Schwester Helene und drückte sie wie ein kleines Kind an sich.

Der Überfall

Einmal, vor Jahren, konnte Schwester Helene erst gegen Mitternacht eine damals noch funktionierende Bordellstraße verlassen. Das Gespräch mit zwei Frauen, die ein neues Leben beginnen wollten, hatte sie so lange aufgehalten. Sie beeilte sich, noch die letzte Straßenbahn in ihre Richtung zu erreichen.

In die dunklen Gassen traute sich zu dieser Zeit kein Mensch. Es regnete und schneite. Obwohl Schwester Helene sonst nie Angst hatte, kam sie nun doch ein ziemliches Unbehagen an. Sonst verließ sie nie nach elf Uhr abends diese Gegend, aber heute hatte es sich einfach nicht einrichten lassen. Sie bemühte sich, immer in der Straßenmitte zu bleiben, doch das war wegen der Baustellen und Ruinen nicht immer möglich. Außerdem gab es in der Mitte mehr Pfützen als an den Rändern.

Glücklicherweise sah sie nirgendwo einen Menschen. Denn wer sich hier zu dieser Stunde herumtrieb, der war entweder betrunken oder hatte etwas Übles im Sinn.

Bald verengte sich vor ihr die Gasse noch mehr. Ein Bagger stand quer vor einer Baustelle, und die Mitte der Straße bestand aus einer riesigen Lache, deren Ränder schon zu Eis erstarrt waren. Als Schwester Helene sich zwischen Bagger und Pfütze hindurchzwängen wollte, stand plötzlich ein riesiger Kerl vor ihr und versperrte ihr den Weg. Ehe sie sich von ihrem Schreck erholen konnte, griff der Unhold schon ihre Arme wie mit Zangen, rammte ihr sein Knie schmerzhaft in den Unterleib und drückte sie gegen den sperrigen Bagger, dessen Eisenteile ihr fast die Rippen zu brechen schienen. Er preßte sich an sie, sein Atem wehte über ihr Gesicht. Während er ihre Handgelenke preßte, als wollte er sie zu Mus machen, murmelte er: »So, du mickrige Ziege, jetzt werde ich dir die Knochen brechen und dich dann kaputtrampeln. Gleich wirst du Matsche sein, du erbärmliche Nonne. Du willst die Mädchen hier zu Betschwestern machen, aber damit ist es gleich vorbei.«

Schwester Helene spürte, daß es keine leere Drohung war. In ihrer Todesangst wollte sie aufschreien, doch der Schreck hatte ihr die Kehle zugeschnürt. Sie bekam keinen Ton heraus. Dabei hoffte sie, daß das alles nur ein furchtbarer Traum war. Sie konnte nicht fassen, daß ihr das passierte.

Der Unhold nahm sein Knie zurück. Er hielt sie zwar mit seinen Fäusten noch fest, ging aber etwas auf Abstand, um den Todesangriff besser vornehmen zu können.

Schwester Helene suchte verzweifelt mit den Augen die Straße ab. Kam denn niemand zufällig vorbei und rettete sie? Doch wer traute sich schon hierher, mitten in der Nacht und bei diesem Wetter? Sie bemühte sich, das Gesicht des Mannes zu erkennen, um ihn in ihrer Angst anzuflehen, doch das stand unerreichbar hoch über ihr.

In ihrer Verzweiflung und Todesangst fiel ihr ihre Mutter ein. »Wie wird die Mutter wohl Weihnachten feiern, wenn sie diese Nachricht bekommt?« ging es ihr durch den Kopf. Zaghaft versuchte sie sich zu wehren, sich aus den Zangengriffen zu befreien, doch der Mann griff sofort noch härter zu, und Schwester Helene stöhnte auf vor Schmerz.

Dann warf der Mann sie mit einem Schwung auf den Boden, halb in eine Pfütze, holte weit mit dem Bein aus und trat ihr mit aller Wucht in den Magen. Sie krümmte sich vor Schmerzen. Sie wußte, daß es das Ende war. Da raffte sie noch einmal alle ihre Kraft zusammen und betete mit zerbrechender Stimme:

»Der Herr Jesus wird mir helfen. Der Herr Jesus wird mir helfen. Der Herr Jesus wird mir helfen.«

Doch die Bestie wurde nicht davon berührt. Er trat noch einen Schritt zurück, um Schwester Helene den Todestritt zu versetzen.

Da erschien plötzlich, wie aus dem Nichts, eine Kolonne von etwa dreißig Männern. Sie trugen lange, elegante Regenmäntel und dunkle Hüte. Ihr Aufzug paßte überhaupt nicht in diese Gasse. Sie sahen so aus, als ob sie gerade aus dem Theater oder von einem Sinfoniekonzert kämen.

Der Mann und sein Opfer waren plötzlich von diesen Männern umgeben. Der Mann starrte diese Menschenmauer an. Schwester Helene konnte es auch nicht fassen. Erst dachte sie, sie sei schon tot, und dann war sie sicher, daß alles doch nur ein Traum sei. Aber ihre Schmerzen rissen sie in die Wirklichkeit zurück.

Einer der fremden Männer rief: »Wo ist denn hier die Polizei?« Der Beinahe-Mörder rannte los. Die Männer wollten ihn zurückhalten, doch er durchbrach ihren Kreis, schlug um sich und verschwand in der Dunkelheit.

Nun riefen mehrere Männer nach der Polizei, während drei Schwester Helene beim Aufstehen halfen.

Was Schwester Helene später wunderte, war, daß keiner dieser Männer sie ansprach und daß sie sich nicht eines ihrer Gesichter hatte merken können. Doch in den ersten Augenblicken nach der Rettung dachte sie natürlich nicht daran. Sie war dankbar, noch zu leben.

Die Männer begleiteten sie aus der dunklen Gasse auf die beleuchtete Hauptstraße, durch die noch Autos fuhren. Sie sahen zu, bis Schwester Helene die hellerleuchtete Bushaltestelle erreicht hatte und verschwanden wieder, eine dunkle Kolonne, in einer Nebenstraße.

Schon nach wenigen Sekunden kam der letzte Bus vorgefahren, und Schwester Helene stieg ein.

»Aber warum bist du denn nicht anschließend zur Polizei gegangen?« fragte ich Schwester Helene, nachdem sie mir das alles erzählt hatte.

»Bruder Fritz«, antwortete sie, »ich bin ganz sicher, diese Männer waren Engel. Ganz sicher. Und da braucht man keine Polizei.«

Schwester Helene wird eine Ordensfrau

Eines Tages bekam sie einen Brief im Auftrag von Ministerpräsident Johannes Rau. Ob sie bereit sei, den Verdienstsorden des Landes Nordrhein-Westfalen anzunehmen, den er ihr verleihen wollte? Ja, das war sie!

Zur Feier des Tages kleidete sie sich in ihre sonntägliche Schwesterntracht. Bekannte holten sie mit einem eleganten Auto ab und fuhren sie zum Schloß Benrath in Düsseldorf. Am Eingang wurden alle Einladungen sorgfältig überprüft, doch sie wurde so durchgelassen. Die am Eingang postierten Kameraleute erkannten sie und begrüßten sie erfreut: »Das ist ja unsere Schwester Helene!« Die Kameras schnurrten.

Schwester Helene wurde auf einen Ehrenplatz geleitet. Dann erschien der Landesvater, leutselig und freundlich wie immer. Sie hörte ihm aufmerksam zu. Meine schnodderigen Bemerkungen überhörte sie. Sie mochte es nicht, daß ich mich über diese Feierlichkeit lustig machte.

Als sie ihre Verdienstmedaille ausgehändigt bekam, hatte Schwester Helene auch ein Geschenk für den Ministerpräsidenten – eine Studienbibel. Er war überrascht und freute sich sehr darüber.

Schwester Helene genoß die Feierlichkeit des Tages, das vorzügliche Essen und wie es serviert wurde. Sie sagte sich aber auch: »Im Himmel wird es viel schöner sein, und alle werden dabei sein, nicht nur die Ehrengäste; die vielleicht gar nicht.« Sie dachte an das Gleichnis von der Einladung zum Hochzeitsmahl. Keiner von den Geladenen wollte kommen, da wurden die Leute von den Hecken und Zäunen geholt, die Frauen aus den Freudenhäusern, die Jungen aus den Gefängnissen und Erziehungsanstalten. An die mußte Schwester Helene auch an diesem Nachmittag denken.

Im Frauenhaus

Jeden Donnerstag besucht Schwester Helene das Frauenhaus im Kölner Süden. Es ist im Stil des sozialen Wohnungsbaus errichtet und nicht gerade eine Zierde.

Obwohl die Einrichtung evangelisch und kirchlich firmiert, war man zunächst von Schwester Helenes Besuchen gar nicht erbaut. Den Sozialpädagogen lag der Stil von Schwester Helene nicht, sie hielten mehr von Therapie als von Seelsorge, von Selbsterfahrungsgruppen als von Bibelstunden. Doch nun hat sich das geändert; Schwester Helene Siebert wird nicht nur freundlich begrüßt, sondern es nehmen auch Leute vom Betreuungspersonal an ihren Stunden teil.

Als ich mit Schwester Helene dieses Frauenhaus besuchte, sah das aber noch ganz anders aus. Wir standen an der Pforte. Dort saß eine Frau und rauchte. Als sie endlich von ihrer Bildzeitung aufsah, weil wir immer noch vor der geschlossenen Tür standen, blickte sie uns an wie Hausierer. Dann mußten wir zur Heimleiterin, weil man dieses Haus nur mit ihrer Erlaubnis betreten durfte. Jedes Mal die gleiche Prozedur, obwohl Schwester Helene hier nun schon seit Jahren regelmäßig an jedem Donnerstag erschien!

Die Heimleiterin sah mich argwöhnisch an. Als Schwester Helene mich als Bruder Fritz vorstellte, der in Afrika Missionar gewesen sei, wurde ich schnell von der resoluten Damen in die entsprechende fromme Schublade geordnet und eingelassen.

Die Sozialarbeiterin, die uns empfing, war so grell bemalt und hatte so bunte Haare und Fingernägel, daß ich sie in Gedanken schon ins Eros-Center versetzen wollte. Doch sie gestaltete hier Selbsterfahrungsgruppen.

Schwester Helene hatte nicht nur Kaffee, Kuchen und Zigaretten mitgebracht, sondern auch das Geschirr, das zum Kaffeetrinken benutzt wurde. Zu Hause wusch sie später das gebrauchte Geschirr ab.

Zu den Zigaretten erklärte Schwester Helene: »Ich rauche nie, aber die Frauen tun es gern, und da möchte ich ihnen doch eine Freude machen, obwohl es schädlich ist.«

Ich hätte gerne mehr über die einzelnen Frauen gewußt, ihre Lebensgeschichte und warum sie hier waren. Doch Schwester Helene arbeitete in einem anderen Stil. Sie half einfach. Wenn die Frauen ihr die Lebensgeschichte erzählen wollten, dann hörte sie geduldig zu, aber sie drängte sich keiner auf. Für sie war jeder Mensch etwas ganz besonderes, und dessen Intimsphäre achtete sie sehr. Sie wollte einfach für die Frauen da sein, so, wie sie von den Frauen gebraucht wurde.

Es war kein gewöhnliches Frauenhaus, für Frauen, die zu Hause von ihren Männern geschlagen wurden und ausziehen mußten. Das merkte ich schnell.

Die erste Frau, die auf uns zuflatterte, war Agnes. Sie fragte mich sofort, ob ich auch aus Magdeburg sei, und als ich das verneinen mußte, war sie enttäuscht. Es half auch nichts, als ich ihr erklärte, ich kennte ihre Heimatstadt, sei schon dagewesen, hätte dort Freunde, schätzte den Dom und die Pforte mit den Jungfrauen; das wollte sie gar nicht wissen. In ihrer Aufgeregtheit war sie schon wieder davongeflattert. Gleich darauf war sie wieder da und stand uns im Weg, obwohl sie uns helfen wollte.

Sie rannte so aufgeregt hin und her, als ob gleich ihre Hochzeit beginnen würde und der Bräutigam sich verspätet hätte. Zwischendurch umarmte sie Schwester Helene und küßte sie.

Als sie entdeckte, daß Schwester Helene schon den Tisch gedeckt hatte, ehe sie sich von ihrer Hetzerei durch Wohnzimmer und Flur befreien konnte, war sie den Tränen nahe. »Schwester Helene«, rief sie enttäuscht aus, »das wollte ich doch machen! Ich tue es doch immer so gern. Aber abräumen nachher, das darf ich doch? Du kannst mich ja mit nach Hause nehmen, ich werde mich auch ganz anständig benehmen!«

Schwester Helene fand schnell eine Arbeit für Agnes, sie durfte die Liederbücher verteilen. Äußerst schnell versuchte sie ihre Aufgabe zu erfüllen, dabei vertat sie sich, legte einige Bücher in die Kuchenteller, und an ihren Platz gleich zwei. Sie korrigierte sich aber schnell, gab Schwester Helene die Schuld, weil sie sie nicht gleich von Anfang an den Tisch hatte decken lassen. Dann tat es ihr aber wieder leid, daß sie so aufgebraust war, und sie entschuldigte sich mit ein paar Tränchen im Auge: »Bitte, bitte nicht böse sein, Schwester Helene, es war ja doch meine Schuld.«

Schwester Helene beruhigte sie und fand es wunderbar, wie nett Agnes die Liederbücher ausgelegt habe.

Agnes hatte versucht, sich schön anzuziehen. Ihre breiten Füße steckten in weißen, an den Absätzen schon abgelaufenen Pumps. Um den Po und die Beine spannte sich eine verwaschene Jogginghose. Die schwarze Bluse mit Rüschen und Spitzen hätte eher ins Bett gepaßt als zu einem Kaffeeklatsch. Doch Agnes war sichtbar stolz auf ihren Aufzug, und Schwester Helene mußte ihr mehrere Male bestätigen, wie schön sie darin aussah.

Agnes bemühte sich, zur Ruhe zu kommen, doch das fiel ihr schwer. Immer wieder mußte sie aufstehen, jede Frau begrüßen, die ins Zimmer kam, anderen nachlaufen, deren Schritte sie über den Flur gehen hörte. Sie rannte auch später um den Tisch herum, um Frauen beim Aufschlagen der Bibel zu helfen, obwohl sie selbst gar nicht wußte, wo die angegebene Stelle stand. Jedes Lied sang sie sehr laut mit, ohne den Text zu kennen. Doch im Laufe des Nachmittags beruhigte sie sich ein wenig.

Die nächste Frau, die bei uns im Zimmer erschien, blickte düster herein, entdeckte Zigaretten auf dem Tisch, nahm sich schnell eine und rannte sofort los. Sie erschien später noch zweimal, nahm sich jedes Mal eine Zigarette, blieb nicht, obwohl Agnes ihr nachlief, und versuchte später noch die Kippen aus den Aschenbechern zu sammeln.

Dann kam eine ältere Frau zu uns. Sie trug noch einen verschmierten Kittel, in dem sie gerade die Toiletten gereinigt hatte. Den Geruch der starken Reinigungsmittel brachte sie mit. Diese Frau redete ununterbrochen, obwohl ihr keiner zuhörte; was sie sagte, war kaum zu verstehen. Ich glaube, sie verstand selbst nicht, was sie da brabbelte, in unzusammenhängenden Sätzen. Es besserte sich etwas, als Schwester Helene beruhigend mit ihr sprach. Dann starrte sie trübsinnig vor sich hin. Die Gedanken, denen sie nachzulaufen versuchte, waren genauso zerfetzt und zerlumpt wie ihre Worte. Inzwischen, erzählte mir Schwester Helene, ist sie still und hört zu.

Agnes war es gar nicht recht, daß andere Frauen ins Zimmer kamen. Sie wollte mit Schwester Helene allein sein. Auch ich war unerwünscht. Sie konnte höchstens Frauen akzpetieren, die sie dominieren konnte und bedienen durfte. Als eine schwere Frau mit fettigen Haaren in der Tür stand, gab ihr Agnes mit unzweideutigen Handbewegungen zu verstehen, sie solle abhauen. Die Frau gehorchte auch, doch Schwester Helene lief ihr hinterher und holte sie an der Hand ins Zimmer zurück.

Die Frau hatte versucht, die Haarenden hinten zu einem Knoten zu flechten, doch der sah aus wie zusammengepreßte Wollreste. Das schwammige Gesicht drückte die Resignation und das Leiden eines Menschen aus, der immer zu kurz gekommen war und nur Unrecht erlitten hatte. Sie konnte einem nur leid tun, auch weil sie sich überhaupt nicht helfen und wehren konnte. Die ursprünglichen Farben ihres verschlissenen Sommerkleides waren kaum noch auszumachen.

Sie tröstete sich mit Essen. Später sah ich, wie sie den Kuchen in sich hineinstopfte, ohne auf den Geschmack zu achten. Trotz ihrer Stützstrümpfe quollen ihre Beine auseinander und aus den viel zu engen Schuhen heraus. Sie trug immer ein Handtäschchen, dicht an ihren Bauch gedrückt, weil sie fürchtete, daß ihr jemand das Taschentuch daraus stehlen würde. Mit dem anderen Arm umklammerte sie ihre Bibel. Eine halbe Zeitungsseite steckte als Lesezeichen darin. Unbeholfen saß sie da, als ob sie gleich vom Stuhl fallen und sich dabei das Bein brechen würde. Sie war sehr lieb, aber keiner wollte ihre Liebe. Was sie mit Liebe geben wollte, wurde ihr mit Verachtung und Ausnutzung vergolten.

Als Schwester Helene sie ermunterte und fragte: »Elisabeth, liest du denn auch deine Bibel?«, entgegnete sie voller Freude: »Immer, immer lese ich die Bibel. Immer.«

Und dann erlebte ich das auch. Kaum saß Elisabeth, da fing sie schon an, die Bibel zu lesen. Auch während des Kaffeetrinkens und der Andacht. Sie las die Bibel, von vorne bis hinten. Es störte sie nicht, daß wir auch die Bibel lasen, aber an einer anderen Stelle. Elisabeth las die Bibel so für sich, damit ihr das keiner wegnehmen konnte.

Sie las halblaut vor sich hin, ohne jede Betonung, so wie sie ihren Kuchen aß. Mit dem Finger unterstrich sie jedes Wort, das sie las. Komplizierte Stellen las sie genauso unbetont und in ihrem Sinne weiter; es machte ihr nichts aus, wenn sie Worte und Sätze nicht verstand, sie las weiter. Erst irritierte mich ihr dauerndes Lesen, doch dann gewöhnte ich mich daran, wie an das Klappern einer Tasse auf dem Teller.

Ihren ängstlichen Atem hörte ich, ehe ich sie sah: Ein etwa achtzehnjähriges Mädchen traute sich nicht ins Zimmer. Agnes verscheuchte sie auch schon mit Armbewegungen wie von Windmühlenflügeln. Sie behauptete: »Die kann kein Deutsch, die kann noch nicht einmal Türkisch, die kann gar nichts, die ist dumm und stört nur.«

Doch Schwester Helene lief zu dem Mädchen hin, nahm sie an die Hand und setzte sie neben sich auf den Stuhl, worauf Agnes eine Schmollschnute aufsetzte.

Das Mädchen traute sich noch nicht einmal, bequem auf dem Stuhl zu sitzen. Sie hockte nur vorne auf der Kante, sofort bereit, jedem den Sitz anzubieten, der ihn haben wollte. Sie schien von innen gehetzt zu werden, über ihr Gesicht flackerte Angst. Wie ein geprügelter Hund krampfte sie sich wieder zusammen. Ihren Kaffee und den Kuchen ließ sie stehen, weil sie keinen Streit mit dem haben wollte, der ihr das alles doch wieder fortnahm. Aischa hieß sie. Immer wieder mußte sie aufstehen und den Raum verlassen. Als die Zigaretten verteilt wurden, versteckte sie sofort drei davon in ihrer Hosentasche. Eine versuchte sie zu rauchen. Ich sah sofort, daß sie es noch nie getan hatte. Aber sie wollte nicht dafür geprügelt werden, daß sie es nicht tat.

Überhaupt herrschte während unserer Versammlung ein reges Kommen und Gehen. Frauen traten auf wie auf dem Laufsteg oder wie auf der Flucht und verschwanden wieder. Einige zeigten kurze Röckchen und grell bemalte Gesichter. Sie suchten nach Männern und grinsten mich einladend an. Eine fragte mich flüsternd, ob ich »Stoff« hätte. »Kannst dann mit mir schlafen«, nannte sie sogleich den Preis, den sie dafür zahlen wollte.

»Ich bin Bruder Fritz von der Schwester Helene, ich tue so etwas nicht«, erklärte ich ihr.

Sie akzeptierte das, setzte sich brav zu uns, stopfte sich mit Kuchen voll, rauchte dauernd, auch beim Beten, und nahm die Bibelsprüche auch noch mit. Stopfte sie so in sich hinein wie den Kuchen.

Plötzlich brach ein entsetzlich abgemagertes Mädchen ins Zimmer, mit einem Gesichtsausdruck, als ob sie gerade aus einer Stätte des Grauens geflohen sei. Das Haar hing ihr in wirren Strähnen über das Gesicht, nur noch wenige Zähne standen krumm und vom Nikotin verfärbt in ihrem trockenen Mund. Sie war schon verwelkt, obwohl sie kaum älter als zwanzig sein konnte.

Sie krümmte sich in einen Sessel hinein und klagte: »Bauchschmerzen, ich habe immer furchtbare Bauchschmerzen, ich halte es nicht mehr aus!« Trotzdem trank, rauchte und aß sie ohne Pause und alles durcheinander, um den zerstörten Magen noch weiter zu zersetzen.

Der nächste Auftritt geschah so wie im Stück von Dürrenmatt »Der Besuch der alten Dame«.

Die Dame, etwas über vierzig, elegant und gepflegt,

paßte eher in die Salons von Bankiers als hierher. Sie bewegte sich wie eine Diva und sprach bühnenreif. Alles, was sie tat, war gekonnt. Die Kleidung und ihr Schmuck, das leichte Make-up waren sicher aufeinander abgestimmt.

Doch die Augen waren tot. Sie sah uns einfach nicht, und sie hörte auch nicht zu. Sie setzte sich so hin, als ob wir gar nicht da wären. Sie ließ sich von Agnes bedienen und bedankte sich so, wie eine Dame es bei ihrer Zofe tut. Mitten in Schwester Helenes Andacht stand sie auf, schnitt ihr das Wort ab, bedankte sich wie nach einem Empfang und verschwand so, daß sie sicher war: Alle (nicht vorhandenen) Männer blickten ihr bewundernd und alle Frauen neiderfüllt nach.

Die Frauen beruhigten sich allmählich. Bei Schwester Helene brauchten sie keine Selbsterfahrungen zu machen und sich keine selbstzerstörerischen Fragen zu stellen. Hier konnten sie einfach da sein, Schwester Helene liebte sie alle.

Die nächste Frau warf sich Schwester Helene an die Brust und heulte ihr Leid heraus: »Gestern hat er mich verlassen, mit der anderen ist er weggerannt! Die kenne ich, der kratze ich die Augen aus!« Wirr sah sie sich um und suchte nach dem Biest, das ihr den Freund weggenommen hatte. Ihr Freund war ihr schon vor Monaten weggelaufen, doch für sie blieb es immer beim Gestern.

Da entdeckte sie plötzlich einen Mann, mich! Erst entgeistert, dann freudestrahlend sah sie mich an und rief: »Der Bernd ist wieder da! Da sitzt er!« Sie kam auf mich zugestürzt, setzte sich auf meinen Schoß und umarmte mich.

Schwester Helene kam um den Tisch herum, nahm sie an die Hand und führte sie weg: »Das ist nicht der Bernd, sondern der Bruder Fritz«, erklärte sie.

Das beruhigte die Frau ein wenig, obwohl sie mich weiterhin musterte.

Die Dürre mit den wenigen Zähnen und den furchtbaren Bauchschmerzen sagte: »Das ist vielleicht ein Theater hier. Wer noch nicht verrückt ist, der wird es hier ganz bestimmt.«

Kaffee, Kuchen und Kirche

Der Kaffeeduft aus Schwester Helenes Thermoskannen zog immer mehr Frauen an. Berge von Kuchen lachten ihnen appetitlich entgegen, und Kerzen flackerten, obwohl draußen die Sonne lachte.

Den Frauen schmeckte es, und das Gebirge aus bunten Torten, der Gletscher aus Sahne und der Stapel von Früchten sanken immer mehr in sich zusammen. So ein richtiger Kaffeeklatsch war das, den Schwester Helene mit ihren Schwestern veranstaltete.

In ihrem Übereifer zerbrach Agnes beim Abräumen noch eine Tasse, nachdem sie vorher allen anderen verboten hatte, dieses Geschirr zu berühren, weil es so kostbar sei. Wir mußten alle lachen, doch Schwester Helene tröstete Agnes: »Ist nicht so schlimm, ich habe noch viele Tassen zu Hause.«

Mit einem fröhlichen Danklied wurde die Tafel aufgehoben. Schwester Helene stellte sich hinter ihr Keyboard, und die Frauen durften sich ihre Lieblingslieder vom Liedblatt wählen. Die meisten Frauen rauchten beim Singen und dem sich anschließenden Bibellesen weiter.

Als Schwester Helene einen Bibeltext und die Seitenzahl angab, begannen die Frauen eifrig in ihren eigenen Bibeln und in denen, die Schwester Helene mitgebracht hatte, zu blättern. Agnes setzte sich sofort wieder in Bewegung, um den anderen Frauen beim Aufschlagen zu helfen. Dabei wurde sie aber sehr durch gleiche Seitenzahlen im Alten und Neuen Testament verwirrt. Elisabeth ließ sich durch den angegebenen Abschnitt überhaupt nicht stören; sie war gerade bei einem Geschlechtsregister im Alten Testament angelangt und stotterte sich durch die schwierigen Namen.

Schwester Helene hatte den Abschnitt des Neuen Testaments gewählt, wo Maria Magdalena am Ostermorgen zum Grab des Herrn eilt. Dort erfuhr sie aber von einem unbekannten Mann, daß der Herr von den Toten auferstanden sei. Nach dem Vorlesen wiederholte Schwester Helene noch einmal den knappen biblischen Text mit ihren Worten. Jede Frau konnte sich nun die Umstände besser vorstellen und was sich da ereignet hatte. Schwester Helene sprach als Frau zu Frauen und von der Frau Maria Magdalena. Sie konnten sich in Maria Magdalena so richtig einfühlen.

Agnes versuchte sich mit Nichtigkeiten einzubringen, aber die anderen Frauen ermahnten sie, ruhig zu sein und erst einmal zuzuhören. Pikiert zog sich Agnes zurück, doch nur für eine kurze Weile.

Mit Maria Magdalena standen dann Schwester Helene und die anderen Frauen zunächst ratlos am offenen Grab.

Doch da mischte sich Agnes wieder ein: »Das muß aber ein großes Grab gewesen sein, wenn außer dem Sarg da noch einer stehen konnte.«

Schwester Helene erklärte ihr geduldig, daß es ein Felsengrab für mehrere Personen gewesen sei.

Dann freuten sich alle mit Maria Magdalena, die als erste erfahren hatte, daß der Herr auferstanden, wahrhaftig auferstanden sei.

»Und wißt ihr, was Maria vorher gewesen ist?« fragte Schwester Helene.

Keine wußte es.

»Sie war eine Prostituierte, und trotzdem hat der Herr sie liebgehabt.«

»Dann habe ich ja auch noch eine Chance!« rief die junge Frau mit den Magenschmerzen.

»Ja«, antwortete Schwester Helene fröhlich: »Wir haben alle eine Chance, der Herr hat uns alle lieb.«

Nach einem Lied wurde gebetet. Das heißt, erst herrschte Ruhe, die nur durch Elisabeths Blättern in der Bibel unterbrochen wurde. Dann betete die mit den Magenschmerzen: »Lieber Gott, mach mich doch auch so und nimm doch die Bauchschmerzen weg.«

Agnes räusperte sich, schwieg aber. Bestimmt wollte sie sagen, daß man zu Gott nicht über Bauchschmerzen sprechen könne.

Doch Schwester Helene bat auch: »Ja bitte, nimm ihr doch die schlimmen Bauchschmerzen weg, bitte.«

Seufzer ertönten. Gebete wurde geflüstert. Eine Frau weinte. Dann schloß Schwester Helene mit dem Segen ab.

Alle Frauen begleiteten uns zum Wagen. Eine hatte sogar einen Blumenstrauß für Schwester Helene aufgetrieben. Er sah schon ziemlich verwelkt aus; sicher hatte er vorher schon in einer anderen Blumenvase gestanden. Aber trotzdem rührte er mich.

Großes Geküsse zum Abschied. Ich bekam auch etwas ab. Meine Wange war anschließend von Lippenstiften verschiedener Tönungen ganz nett bemalt. Alle lachten und bewunderten das abstrakte Kunstwerk. »Picasso!« rief die gebildete Dame, die plötzlich zum Küssen wieder aufgetaucht war.

Da unser Abschied auf der Straße vor dem Haus stattfand, verursachten wir ein mittleres Verkehrschaos, gegen das ungehaltene Autofahrer wütend anhupten.

Winken und Kußhändchen, bis wir um die Ecke bogen.

»Sind das nicht liebe Frauen?« fragte Schwester Helene.

»O ja«, antwortete ich.

»Willst du dir die Farbe nicht abmachen, Bruder Fritz?« fragte sie weiter und wollte mir schon ihr Taschentuch reichen.

»Nein, nein, die laß' ich, solange wie es geht; als Andenken.«

Der Jugendhof und Winfried

Wir wollten uns an der Autobahnraststätte am Siebengebirge treffen, um von dort aus zu einem Jugendhof zu fahren. Da waren schwererziehbare Jungen untergebracht. Außerdem gehört ein Jugendgefängnis dazu. Weil ich unterwegs mit Staus rechnen mußte, fuhr ich schon sehr früh los und wartete an der Raststätte auf Schwester Helene.

Eine Kugel von einem Mann konnte sich nur mit großer Mühe aus dem Auto wälzen. Er trug eine viel zu enge Hose. Als er endlich in seinem verschwitzten Hemd und mit seiner Glatze in der freien Natur stand, mußte er erst einmal eine halbe Dose Limonade in sich hineinschütten. Dann begab er sich zum Schnellimbiß, wo er sich im Vorbeigehen einen Pappteller mit Kartoffelsalat und zwei kalte Koteletts holte.

Zum Wagen zurückgekehrt, stopfte er auch noch zwei dick mit Wurst belegte Stullen in sich hinein. Ich war fasziniert von der Freßgier dieses Mannes. Aber er war noch nicht am Ende. Als Nachtisch verschlang er eine Tafel Schokolade und trank noch eine Limonadenbüchse leer. Dann schnaufte er, zwängte sich wieder in seine Blechbüchse und fuhr ab, vermutlich zum Abendessen nach Hause.

In diesem Augenblick kam Schwester Helene. Wir fuhren los, ich folgte ihrem Auto, bis wir das Jugendgefängnis erreichten. Dort waren Jungen in einfachen Kasernenbauten untergebracht.

Schon auf dem Parkplatz fiel mir ein ziemlich heruntergekommener Wagen auf. Er war mit Bibelsprüchen und frommen Aufforderungen vollgeklebt. Dazwischen wurde für eine Bank geworben. Bei ihr arbeitete der Besitzer dieses Gefährts, wie sich später herausstellte.

Neben dem Auto wartete schon der Mensch mit der frommen Lenkungsart auf uns, ein großer, schwergewichtiger Mann, dem über der Stirn bereits leicht die Haare ausfielen. Schwester Helene und Winfried begrüßten sich freudig und ich wurde auch als »ein Bruder« vorgestellt und kam mir wie in einer Loge vor.

»Bruder Winfried hat sich vor dreizehn Jahren bekehrt«, erklärte mir Schwester Helene. »Seitdem besucht er jeden Samstag die Jungen. Sein Besuch fällt nur aus, wenn er krank ist oder in Urlaub fährt, was aber selten vorkommt.«

Winfried kaufte immer ein, was Schwester Helene für die Frauen und Jungen brauchte, Kaffee und Kuchen zum Beispiel. Winfried studierte dafür sorgfältig die Sonderangebote der Kaufhäuser in den Zeitungen. Er besaß auch ein Keyboard, auf dem er sich und die Jungen begleitete. Es war noch kürzer als das von Schwester Helene, er konnte es auf die Knie legen und spielen. Die Tasten waren so schmal, daß ich mich später wunderte, wie er mit seinen breiten Fingern nicht immer zwei gleichzeitig erwischte.

Der Pförtner begrüßte uns freundlich, wenn auch mit einem etwas überlegenen Lächeln. Sicher empfand er die fromme Art der beiden als ein wenig übertrieben und ihre Ansichten beschränkt. Doch er ließ es sich nicht zu sehr anmerken. Er war sich nicht sicher, ob die Besuche viel bringen würden. Allerdings wußte er auch, daß Schwester Helene einige Jungen wieder auf die rechte Bahn gebracht hatte. Das imponierte ihm und allen Beamten.

Als wir seine Pförtnerloge betraten, betonte er, daß Schwester Helene sich doch nicht anmelden müsse, obwohl es am Tor stand. Doch sie entgegnete: »Nein, darum komme ich nicht hierher, ich möchte Sie doch begrüßen.« Was sie dann auch tat.

An der Wand hing ein Abreißkalender von Schwester Helene. Doch die Blätter waren schon eine Weile nicht mehr abgerissen worden. Der Pförtner entschuldigte sich damit, daß er in den letzten Tagen vor lauter Arbeit nicht zum Lesen gekommen sei, obwohl vor ihm auf dem Tisch eine aufgeschlagene Boulevardzeitung lag. Schwester Helene lächelte verstehend, während der ertappte Mann schnell die Seite mit der vollbusigen Dame zuschlug. Dann gingen wir los.

Roland und seine Zukunft

Als erstes kam ein junger Mann auf uns zu, der sich anscheinend frei bewegen durfte. Schüchtern versuchte er zu verbergen, wie sehr er sich freute, daß Schwester Helene und Winfried kamen. Ich sah es ihm sofort an. Er unterschied sich äußerlich kaum von Jugendlichen seines Alters, in seinem Jeansanzug mit aufgenähten, irren Etiketten und den schweren Schuhen mit viel Eisen dran. Seine Haare hatte er kurzgeschnitten und hochgebürstet. In der Hand hielt er ein in Zeitungspapier sorgfältig eingewickeltes Dokument, das für ihn sehr wichtig zu sein schien.

Schwester Helene rief ihm entgegen: »Bestanden?«

Er schien etwas irritiert über ihre schnelle, direkte Frage. Lieber hätte er ihr etwas mit einer spannenden und hinhaltenden Einleitung erzählt, doch nun mußte er zustimmend nicken.

»Aber das ist doch wunderbar!« rief Schwester Helene, lief ihm entgegen und umarmte ihn.

Weil der Junge noch etwas herumdruckste, nahm Schwester Helene an, daß sein Zeugnis nicht besonders gut ausgefallen sei. Also beruhigte sie ihn schon im voraus: »Macht doch nichts, wenn die Zensuren nicht besonders sind. Später fragt keiner mehr danach, Hauptsache, du hast das Abitur.«

Der Junge nickte zwar, als ob er sich für ihr Verständnis bedankte, aber dabei lief ein spitzbübisches Grinsen über sein Gesicht. Er reichte Schwester Helene sein Zeugnis.

Ungläubig starrte Schwester Helene seine Zensuren an. »Aber das ist doch unglaublich!« rief sie aus. »Alles Einsen und Zweien, so ein Zeugnis habe ich nie bekommen. Nur die Vier in Chemie verstehe ich nicht.«

»Der Lehrer mochte uns nicht, und wir ihn nicht. Er hätte uns am liebsten alle durchfallen lassen.«

»Aber Junge!« rief Schwester Helene. »Das ist ja wunderbar, was du geleistet hast. Ich freue mich so.«

Sie umarmte ihn, und Winfried fragte: »Was willst du denn jetzt machen?«

»Sozialpädagogik«, antwortete Roland. »Ich möchte als Erzieher in das Heim, wo ich großgeworden bin. Dann kann ich dort vielleicht einiges verbessern.«

»Ich werde heute abend unserm Herrn für all das danken«, sagte Schwester Helene.

»Hab ich schon getan«, antwortete Roland ganz selbstverständlich. Er entschuldigte sich, heute könne er nicht zur Bibelstunde kommen. »Schwester Helene, wir haben die ganze Nacht gefeiert, und dann ist heute noch die Feier in der Schule. Ich bin total kaputt. Aber beim nächsten Mal bin ich wieder dabei, und auch wenn ich studiere, werde ich immer Kontakt mit Ihnen halten. Sie dürfen mich nicht vergessen, Sie sind wie eine Mutter zu mir, ohne Sie hätte ich es bestimmt nicht geschafft.«

Schwester Helene drückte den Jungen an sich. Er wußte, daß sie immer für ihn dasein würde.

Später erzählte sie mir die Geschichte von Roland. Er wurde als uneheliches Kind eines sechzehnjährigen Mädchens geboren. Da das Mädchen von ihrem Freund verlassen und von ihrer Stiefmutter ausgestoßen wurde, wußte sie sich nicht mehr anders zu helfen, als auf den Strich zu gehen. Das erfuhren die Behörden. Sie nahmen ihr den Sohn weg und steckten ihn in ein Heim. Dort wuchs Roland dann auf. Die Mutter kümmerte sich immer weniger um ihn. Sie fand einen anderen Freund und hatte mit ihm Kinder. Der neue Freund wollte mit dem Zeugnis ihrer Vergangenheit nichts zu tun haben.

Während seiner Lehre geriet Roland in die Gesellschaft einer Bande, die den intelligenten und gewieften Jungen gerne aufnehmen wollte. Doch vorher mußte er eine Mutprobe bestehen. Sie bestand darin, daß er eine Kinokasse ausräumen sollte. Der Bandenchef gab ihm eine Pistole, damit er damit drohen und sich im Notfall verteidigen konnte.

Roland nahm die Pistole zwar an sich, aber er wollte sie auf keinen Fall gebrauchen. Er wollte die Kasse lieber ohne jede Gewalt und körperlichen Schaden an sich bringen.

Doch dann stellte er sich so ungeschickt und nervös an, daß die Kassiererin die Polizei alarmieren und die Besucher aufmerksam machen konnte. Als einige Männer über ihn herfallen wollten, zog er die Pistole, um sie abzuschrecken. Dabei löste sich ein Schuß und traf eine Frau im Arm.

Keiner glaubte ihm, daß es aus Versehen geschehen war. Roland wurde zu einer Jugendstrafe verurteilt und kam in das Gefängnis, wo er jetzt noch wohnte.

Dort lernte er Schwester Helene kennen und fing ein neues Leben an. Auch die Erzieher halfen ihm dabei, und natürlich seine Lehrer. So schaffte er das Abitur.

Schwester Helene erklärte mir: »Der Junge hat es nicht leicht gehabt. Es gab immer wieder böse Einflüsse, auch hier. Er war auch nicht immer der brave Junge, und oft hat er gegen das aufgemuckt, was ich verkündigt habe. Es fiel ihm schwer, es zu glauben. Sein Aufenthalt in einem christlichen Waisenhaus hat ihm auch nicht gerade im Glauben geholfen. Aber nun hat er es geschafft, denke ich.«

Als wir ihm nachsahen, setzte sie noch hinzu: »Es ist doch schön, wenn man so viele Kinder hat.«

Vergebens zum Haus zwei

Wir schleppten alles zu einem Kaffeetrinken und einer Andacht hinüber: Keyboard, Bibeln, Kaffee in Thermoskannen und Kuchen. Als wir am geschlossenen Vollzug vorbeikamen, saßen oben die Jungen in den Fenstern, winkten und riefen Schwester Helene zu, sie müsse unbedingt vorbeikommen.

»Laß doch die von Haus zwei!« rief einer von ihnen. »Komm lieber gleich zu uns.«

»Wir kommen gleich«, antwortete Schwester Helene.

»Aber mach bei denen nicht so lange«, bat ein anderer Junge.

Ein Erzieher kam auf Schwester Helene zu, nachdem er sie vom Auto aus entdeckt hatte. Er war gerade auf dem Weg nach Hause. Die beiden begrüßten sich wie gute Freunde.

Schwester Helene erklärte mir: »Er hat gerade in diesen Tagen seinen Heiland gefunden.«

Der Mann meinte: »Also ich hätte es bestimmt nicht so ausgedrückt wie Schwester Helene, aber recht hat sie schon. Ja, es ist besser, wenn man nicht so viele Ziele im Leben hat, sondern ein Endziel, und den Weg dazu habe ich gefunden, meine ich. Früher habe ich das, was Schwester Helene hier gemacht hat, nicht verstanden. Ich habe mich darüber lustiggemacht, aber jetzt begreife ich, daß es das eine ist, worauf alles ankommt: Daß man einen Sinn und ein Ziel in seinem Leben hat.«

Wir stiegen zum Haus zwei des Jugenddorfes hoch. Die oben eingerichtete Wohnung für die Jungen sah so aus wie ein typisch deutsches Wohnzimmer. Die gleichen Bilder aus der Heide und von den Alpen, dazu Kissen und Spitzendeckchen.

Der Erzieher, der gerade Dienst hatte, nahm uns wie Bibelforscher an der Tür in Empfang. Am liebsten hätte er uns nicht hineingelassen. Überlegen sah er auf uns »arme Irre« herunter, wie einer, der allein die Realitäten dieser Welt kannte und damit fertig wurde. Er war auch sofort der Meinung, daß aus der Bibelstunde heute wohl nichts werden würde: ». . . denn die sitzen alle vor dem Fernseher, wo der Boris Becker gegen diesen Schweden spielt«.

Aber Schwester Helene betrat trotzdem das Wohnzimmer, in dem die Jungen vor dem Apparat hockten.

»Schwester Helene!« wurde sie mit Hallo begrüßt.

Einer sagte: »Sollen wir den Kasten ausmachen?«

»Nein, nein«, antwortete Schwester Helene. »Seht euch mal ruhig das Spiel an. Ich komme ja am nächsten Samstag wieder und gehe jetzt noch zu den Jungen nebenan.«

»Aber nicht böse sein«, bat einer der Jungen.

»Nein, nein«, versicherte ihm Schwester Helene.

In einer geschlossenen Gesellschaft

»Nun kommen wir zu den ›schweren Jungs‹, Raubüberfälle und Mord«, erklärte Winfried.

»Aber so schlimm, wie es sich anhört, sind sie nun auch wieder nicht«, milderte Schwester Helene ab. »Eigentlich sind sie alle nette Jungens, und einige haben schon Reue gezeigt und wollen sich bessern.«

Als wir uns dem geschlossenen Haus näherten, kamen alle Jungen oben an die Fenster und begrüßten uns wie Fans ihre einlaufende Mannschaft, mit Jubel und Händeklatschen.

»Schwester Helene, Schwester Helene!« riefen sie im Chor.

»Sie übertreiben alles«, stellte Winfried, der Bankbeamte, fest. »Wenn sie sich freuen, aber auch, wenn sie böse sind.«

Während wir die Treppen hochstiegen, hörten wir die Jungen hinter der verschlossenen Tür rumoren. Sie rissen die Klinke fast ab, trampelten gegen das Holz, schrien nach dem Erzieher, als ob bei ihnen Feuer ausgebrochen sei.

»Laß die Schwester Helene rein!« schrien mehrere. Zwei Männerstimmen wollten die Ruhe und Disziplin wiederherstellen, aber das gelang ihnen nicht.

Es mußten immer zwei Erzieher auf der Station sein, weil ein einzelner schon überfallen worden war, und einige Jungen so die Flucht ergriffen hatten.

Kaum war die Tür geöffnet worden, da fielen die Jungen schon über uns her. Wir wurden alle Taschen und sonstigen Gegenstände los, die wir trugen. Einer der Jungen nahm Winfried auch das Keyboard ab und klimperte schon darauf herum, während er es in den Aufenthaltsraum trug.

Schwester Helene wurde wie eine Mutter geküßt und gedrückt. Die stärksten Jungen griffen ein, als sie sahen, daß Schwester Helene die stürmische Begrüßung zuviel wurde. Sie schirmten sie ab und geleiteten sie ins Wohnzimmer.

Aus der wilden Horde von Wölfen wurden plötzlich Lämmer, als Schwester Helene sich setzte und mit einem freundlichen Blick und einer bittenden Handbewegung aufforderte, sich zu setzen. Wer nicht sofort einen Platz fand, wurde von den Aufpassern auf einen freien Stuhl gedrückt.

Die Starken waren auch für das Decken des Kaffeetischs und das Verteilen der Liederblätter verantwortlich. Für die

Jungen hatten Schwester Helene und Winfried moderne, rhythmische christliche Lieder ausgesucht, nach denen die Jungen den Takt klatschen konnten, was sie auch taten. Winfried begleitete nicht nur die »Songs«, sondern sang sie auch vor, mit einer überzeugten, etwas süßlichen Stimme. Es waren meistens Lieder voller Sehnsucht, die die Jungen nachempfinden konnten. Bei ihnen hatte die Sehnsucht immer etwas mit einem Mädchen zu tun. In den Liedern ging es allerdings um die himmlische Liebe.

Winfried hätte einige Lieder auch mit einem andern Text weitersingen können. »Gott ist die Liebe« hätte man ganz gut gegen »I love you baby« auswechseln können. Aber das war vielleicht nicht schlimm. In der Bibel wird die himmlische Liebe oft mit der weltlichen verglichen, und im höchsten Gebot Gottes heißt es: »Du sollst Gott lieben, und deinen Nächsten wie dich selbst.«

Darum kamen diese Lieder auch so gut bei den Jungen an und beruhigten sie, weil sie eine uferlose Liebe mitschwingen ließen, nach der sich alle sehnten. Der Text war ihnen gar nicht so wichtig. Nur wenige Jungen sangen nicht mit. Einer stand auf, ging hinaus und kam nicht mehr wieder. Einer saß die ganze Zeit dabei, beobachtete alles, aber öffnete nicht den Mund.

Dann Kaffeeschlürfen und Kuchenstopfen. Cola gab es auch. Dazu Zigaretten für die, die rauchen wollten.

Einer der Jungen klimperte dauernd auf Winfrieds Keyboard herum, wenn der es nicht gerade zum Begleiten gebrauchte. Als ihm ein paar zusammenhängende Töne gelangen, rief er ganz stolz: »Ich fühle mich wie bei der Hitparade als Nummer eins. Es fehlt nur noch der Nebel von unten!«

Es wurde viel erzählt. Jeder wollte, daß Schwester Helene ihm zuhörte, sie rangelten darum. Schwester Helene hörte geduldig zu und freute sich über ihre Jungen.

Der Junge, der nicht lesen konnte

Zunächst fiel er gar nicht auf. Er hielt auch ein Liedblatt vor den Augen, als wir sangen, und die passenden Worte fand er auch. Nur mit einer leichten Verzögerung, denn er konnte nicht lesen.

Er sah frisch, gesund und intelligent aus und arbeitete im Garten des Gefängnisses. Die frische Luft tat ihm sehr gut. Er wirkte gesünder als die anderen Jungen, rauchte nicht und stählte jeden Tag seinen Körper mit Bodybuilding.

Seine Kleidung fiel auch aus dem Rahmen des Hauses. Echte Mokassins zierten seine Füße, und die Lederjacke war aus bestem Material und sehr gut verarbeitet.

Nicht nur einmal, sondern bei jeder Gelegenheit fragte er Schwester Helene, ob sie mit seiner Mutter gesprochen habe. Schwester Helene kannte sie nicht; sie wußte noch nicht einmal ihren Namen und wo sie wohnte.

Doch der Junge blieb beharrlich bei seiner Frage. Es lag ihm sehr daran, daß Schwester Helene mit seiner Mutter sprach und ihm Grüße von seiner Mutter ausrichtete.

Als Schwester Helene wieder einmal verneinte, gab der Junge enttäuscht und verwundert zurück: »Aber sie ist doch Krankenschwester wie du, du mußt sie doch einmal getroffen haben, und sie weiß bestimmt, daß du hierherkommst. Sie wollte dir bestimmt Grüße für mich bestellen.«

Es machte dem Jungen nichts aus, daß er nicht lesen konnte. Wie ein zivilisierter Superman schwebte er über den Dingen. Er wirkte absolut normal, aber er war es nicht. Für die Bibelstunde erhielt er auch die Heilige Schrift. Geschickt schlug er das Buch da auf, wo sein Nachbar sie geöffnet hatte.

Jeder Junge sollte einen Satz lesen. Der Junge hörte sehr aufmerksam zu und schien alles zu begreifen. Doch dann kam wieder seine Frage an die Schwester Helene: »Hast du denn nicht meine Mutter getroffen, und hat sie nicht gesagt, daß du mich grüßen sollst? Auf jeden Fall grüße sie von mir.«

Dann vertiefte er sich wieder in den Text, den Schwester Helene auslegte.

Schwester Helene hatte sich nach seiner Mutter erkundigt, über die der Junge selbst nicht viel wußte. Er kannte noch nicht einmal die Stadt, in der sie lebte und arbeitete. Er wußte nur, daß sie einmal in einem Krankenhaus gearbeitet hatte, und daran hielt er sich fest.

Keiner wußte Näheres über sie. Briefe, die vom Jugendamt an die Mutter geschickt wurden, kamen als unzustellbar wieder zurück.

Als wir gingen, rief der Junge uns noch aus dem Fenster nach: »Schwester Helene, grüß doch meine Mutter ganz, ganz herzlich von mir.« Dann rannte er weg.

Terror

So nannten die Jungen und Erzieher diesen Burschen, und so sah er auch aus – wie kalter Terror. Seine Eltern waren wohlhabend, hatten aber keine Zeit für ihn. Das versuchten sie mit reichlich viel Geld auszugleichen, das sie ihm zuschoben. Als der Vater eine Freundin fand und die Mutter einen Freund, floß noch mehr Geld für den Sohn, und die Zeit wurde noch knapper. Am Samstag war Terror immer in der Stehplatzkurve eines Bundesligavereins zu sehen. Er schloß sich dem Fanclub Rheinfront an. Dort wurde er mit seinem Namen Terror geziert.

Seine Kleidung bestand hauptsächlich aus Leder und Stahl. Stahl klebte in einem Ohr, er trug ihn um ein Handgelenk (nicht mehr im Gefängnis, natürlich) und an den Schuhspitzen. Leder trug er auf dem nackten Körper. Manchmal zog er in einem kalten Winter doch noch ein Hemd darunter. Die Haare ließ er sich abrasieren, nur einige Stoppel blieben stehen, die einen stilisierten, harten Blitz bedeuten sollten, das Zeichen der ehemaligen Hitlerjugend.

Hierher, ins Gefängnis, war Terror gekommen, weil er

einen Fan von Borussia Dortmund erschlagen hatte. Gefragt und ungefragt bekannte er: »Ich war ein Nazi, ich bin ein Nazi, und ich werde immer einer bleiben.« Dann riß er immer seine Hand hoch und brüllte: »Heil Hitler!«

Auch im geschlossenen Vollzug regierte er mit Terror. Er schlug die Schwächeren zusammen, wenn sie nicht vor ihm kuschten. Sie trauten sich nicht, ihn zu melden, weil sie dann noch üblere Repressalien fürchten mußten. Er versuchte auch, die Jungen aus der Stunde mit Schwester Helene zu zerren, doch da traf er auf die geballte Ladung aller Insassen, und mit der wollte er sich dann doch nicht anlegen.

Dann versuchte er Schwester Helene und ihre »Meßdiener« lächerlich zu machen, aber auch damit kam er nicht an.

Also erschien er auch in Schwester Helenes Stunden, um seinen Feind genauer beobachten zu können. Er saß dabei, seine Augen waren hart und drückten keine Gefühle aus. Er sah so aus, als ob er jeden Augenblick zuschlagen würde. Mich musterte er auch. »Ich bin früher einmal ein begeisterter Hitlerjunge gewesen«, erzählte ich ihm.

»Und jetzt?« fragte er zurück.

»Ich habe erlebt, wohin uns der Glaube an Hitler und die Gewalt und der Haß geführt haben. Ich schäme mich, so einer gewesen zu sein.«

»Ein Verräter bist du. Man sollte dir die Fresse einschlagen«, drohte er mir. Dann verließ er die Stunde.

Schwester Helene meinte: »Ich muß mich doch mehr um ihn kümmern.«

»Es hat keinen Zweck, er ist wie ein Tier«, meinten die Jungen.

Das neue Jerusalem im geschlossenen Vollzug

Eine Woche später waren wir wieder bei den »schweren Jungs«.

Es wurde so richtig gemütlich in dem vorher kahlen und

abweisenden Aufenthaltsraum. Schwerer Kaffeegeruch sog alle anderen Gerüche, die zu einer Jungenetage gehören, auf. Gleich zwei Jungen suchten auf Winfrieds Keyboard nach zusammenhängenden Melodien. Einer mühte sich mit »So ein Tag, so wunderschön wie heute« ab, während der Junge, der nicht lesen konnte, in der reinen Textbibel vergeblich nach Bildern suchte. Schwester Helene tröstete ihn: »Nächstes Mal bringe ich dir eine Bilderbibel mit.«

Der Erzieher sah kurz hinein, schüttelte den Kopf und wunderte sich: »Wenn man die Jungen jetzt so sieht, dann denkt man, sie seien die friedlichsten Lämmer von der Wiese, die keiner Seele was zuleide tun könnten. Doch noch gestern haben sie das Mobiliar dieses Raumes kurz und klein geschlagen. Die müßten eigentlich auf dem Boden sitzen.«

Schwester Helene tat es leid. Einige Jungen senkten den Kopf, während andere so taten, als ob sie die Anklage gar nicht gehört hätten.

Idylle im Wohnzimmer, mit der Mutter am Strickzeug, es fehlte nur noch, daß sie Märchen vorlas, dachte ich unwillkürlich. Und da sagte Schwester Helene auch schon: »So, liebe Jungen, jetzt wollen wir die Bibel lesen.« Es hörte sich so an wie in einem Kindergottesdienst. Doch die Jungen gehorchten, griffen nach den Bibeln und Gesangbüchern. Einige kabbelten sich um ein Buch, obwohl genügend Exemplare herumlagen, aber es war nur ein unschuldiges Streitchen, wie es kleine Katzen oft veranstalten.

Weil noch Unruhe herrschte, schrie einer der Jungen: »Haltet endlich die Schnauze, sonst hau ich rein.« Doch als er dann in das betroffene Gesicht von Schwester Helene sah, entschuldigte er sich sofort: »Tut mir leid, Schwester Helene, es war nicht so gemeint. Aber sonst hören die Scheißer ja nicht.«

Da mußte Schwester Helene auch lächeln. »Was wir heute betrachten, das steht im Epheserbrief«, erklärte sie. »Hinten in der Bibel, im Neuen Testament.«

»Warum stehen denn in der Bibel immer so komische Namen drin?« fragte ein Junge.

Der Vorlaute belehrte ihn: »Weil die früher alle komisch waren. Mein Opa hieß auch Wilhelm, und den Asterix kennst du auch, du Blödmann.«

Weil die Jungen noch immer Schwierigkeiten hatten, den Epheserbrief zu finden, gab Schwester Helene die Seitenzahl an: »Hinten auf Seite 228.«

Alle schlugen eifrig nach, und einer half auch dem Jungen, der nicht lesen konnte, die richtige Seite zu finden.

Einer meckerte darüber: »Der kann doch kein Wort lesen.«

Doch er wurde von einer Lederjacke belehrt: »Schaden kann es auch nichts.«

Der Analphabet sah irritiert und hilfesuchend Schwester Helene an, und als die ihm ermunternd zunickte, faßte er seine Bibel ganz fest an und starrte, wie auf ein Wunder hoffend, auf die Hieroglyphen.

Ein ganz »Kluger« hatte beim Blättern herausgefunden: »Watt is denn datt für ein Buch, datt hat ja alle Seiten doppelt!«

»Du Jeck«, wurde er zurechtgewiesen. »Da ist doch das Alte und das Neue Testament. Das Alte für die Alten und das Junge für uns.« Wieder Gelächter im Zimmer.

Aber es gab noch einen kritischen Leser, der fragte: »Warum wird denn Epheser mit ph geschrieben und nicht einfach mit f?« Wieder war eine Antwort zur Stelle: »Weil das früher geschrieben worden ist und weil das dann vornehmer klingt, so wie Thron mit Th.«

»Meinste den Thron auf dem Klo?« wollte einer ein Spaßmacher sein. Er erntete auch Gelächter, bis einer mahnte: »Nun wollen wir aber den Herrn Epheser von der Schwester Helene kennenlernen.«

Schwester Helene erklärte geduldig, aber auch amüsiert: »Das ist kein Mann, sondern so heißt eine Stadt. Der Apostel Paulus hat den Menschen, die dort wohnten, diesen Brief geschrieben. Ephesus war eine Hafenstadt, wie Hamburg, meine Heimatstadt, heute eine ist.«

»Bin ich schon gewesen!« rief einer der Jungen stolz. »Beim HSV und auf der Reeperbahn. Aber reingelassen haben sie mich nicht, weil ich noch nicht achtzehn war.«

Schwester Helene erklärte: »Wir fangen mit Epheser sechs, Vers sechzehn an. Jeder von euch liest einen Vers, so wie wir es immer tun.«

Der Vorlaute fing sofort an und rasselte sein Pensum so schnell herunter, daß er selbst kaum verstand, was er da las: »Vor allen Dingen aber ergreift den Schild des Glaubens, mit welchem ihr auslöschen könnt alle feurigen Pfeile des Bösen, und nehmt den Helm des Heils und das Schwert des Geistes, welches ist das Wort Gottes.«

»Das ist ja wie der beim Asterix!« rief ein Junge froh. »Der hat auch immer ein Schild und ein Schwert und einen Helm gehabt, gegen die anderen, und damit haute er drauf.«

Mehrere Jungen wollten anfangen, Asterix zu spielen, doch der Vorlaute griff ein und schubste sie wieder auf ihre Plätze zurück. Nun wunderte sich ein Junge darüber, daß auch etwas Kleingedrucktes unten stand.

Der Vorlaute belehrte ihn: »Das ist doch so, wenn du was einkaufst, und die im Fernsehen sagen doch immer, du mußt auch das lesen, denn sonst bescheißen sie dich.«

Schwester Helene bat ihn: »Du solltest nicht immer diese Worte benutzen, die nicht schön sind. Und mit dem Kleingedruckten ist es in der Bibel noch etwas anders. In dem Kleingedruckten werden Parallelstellen angegeben, wo ein ähnlicher Text oder eine Erklärung dazu in der Bibel stehen.«

»Mann, Mann«, wunderte sich einer, »ich komm mir hier schon bald so vor wie ein besch. . ., ich meine, oller Zeuge Jehovas.«

»Wir können ja mal aus dem Kleingedruckten die angegebenen Stellen in der Bibel suchen«, schlug Schwester Helene vor, und das taten sie dann auch. Bis ins Alte Testament gerieten sie.

Einer rief begeistert: »Das ist ja noch spannender als eine Schnitzeljagd und als Schatzsuchen!«

Dann versuchte Schwester Helene die Jungen wieder an ihren Text heranzubringen, was ihr auch gelang. Sie las noch einmal den Satz vor, mit dem sie begonnen hatten.

»Was ist ein Schild?« fragte ein Junge.

Der Vorlaute war sofort mit einer Erklärung bereit: »Das ist das, was die Indianer haben, gegen die Pfeile und gegen die Cowboys.«

»So ähnlich«, gab sich Schwester Helene zufrieden.

Doch der Vorlaute freute sich, als hätte er gerade ein Tor geschossen, warf die Hände hoch und begann zu brüllen: »Ole, ole, ole, ole, we are the champs, we are the champs!«

»Aber wieso den Schild des Glaubens?« fragte ein Seriöser. »Was hat denn das mit den Indianern zu tun?«

Schwester Helene versuchte zu erklären: »Der Glaube ist wie ein Schild gegen das Böse, gegen die Angst.«

»Klar doch«, ergänzte sie einer, »war bei meiner kleinen Schwester immer so, wenn die Angst hatte, verkroch sie sich hinter der Schürze der Mama.«

»Oder auch so«, grübelte ein Junge. »Als ich noch klein war und Angst hatte, da habe ich immer ›lieber Gott, lieber Gott‹ gerufen, und das hat auch geholfen. Auf einmal war die Angst weg.«

»Sehr schön«, fand Schwester Helene. »So ist es mit dem Glauben, aber auch dann, wenn wir groß sind. Doch vor Gott bleiben wir immer klein und immer seine Kinder. Unser Vater ist nicht nur im Himmel, sondern überall, und wer daran glaubt, der hat einen Schild. Der ist beschützt, der weiß, daß Gott hinter allem ist und Gewalt über den Bösen hat. Auch wenn der Tod kommt, können wir uns mit dem Schild des Glaubens dagegen schützen. Wer glaubt, der wird selig, der hat ein Schild gegen alles.«

»Okay«, sagte der Vorlaute und lehnte sich zurück. Nun wußte er, was ein Schild des Glaubens ist. Die anderen lehnten sich auch in ihren Sesseln und Stühlen zurück. Aber einer gab sich noch nicht zufrieden, sondern stellte fest: »Aber gesehen hat den lieben Gott noch keiner, auch du nicht, Schwester Helene.«

»Ja«, gab sie zu, »gesehen habe ich den Vater im Himmel

noch nicht, aber erlebt habe ich ihn. Der Winfried auch, und Bruder Fritz auch. Wir könnten euch davon erzählen. Gott kann man in jedem Menschen sehen, der uns begegnet, so steht es auch in der Bibel.«

Einer der Jungen räusperte sich und erzählte dann: »Also ich hab mal so was erlebt, daß Gott dich schützen kann. Am Hauptbahnhof, da ist so eine Bande hinter mir hergewesen, weil ich mit dem Stoff nicht mehr weitermachen sollte. Die hätten mich kaputtgeschlagen, wenn die mich gekriegt hätten. Da bin ich in den Dom reingerannt und vor den Altar auf die Knie und habe gebetet: ›Lieber Gott hilf, lieber Gott hilf!‹ Und der hat geholfen, die haben sich nicht an mich herangetraut. Das habe ich erlebt, so wie die Schwester Helene gesagt hat.«

Schwester Helene wollte eigentlich diese Geschichte noch ein wenig korrigieren und vertiefen, doch als sie die Gesichter der Jungen sah, die von dieser Geschichte vollkommen überzeugt waren, ließ sie sie kommentarlos stehen.

Der Vorlaute brach wieder die Stille, er konnte den anderen Jungen mit seinem Erlebnis nicht vorne stehen lassen. Er mußte sich auch hervortun. »Das mit den feurigen Pfeilen ist super!« schrie er. »So ist das auch an einem Spielautomat. Da schießen die feurigen Pfeile aus dem Superman heraus und aus den Düsenjägern. Die gehen überall durch. Doch da gibt es einen, der hat so einen Schild wie der von der Schwester Helene, und da geht nichts durch, da prallen alle feurigen Pfeile ab. Bei den anderen gehen die durch, aber nicht bei denen von der Bibel, das weiß ich auch, ist so wie bei den Automaten. Aber die meisten Schilder, die sind nicht stark genug, wie die, wo was draufsteht am Laden und so . . .«

Er wollte eigentlich noch weiterreden, doch Schwester Helene unterbrach ihn sanft: »Ja, so ist es leider, die meisten Schilde im Leben sind nicht dick genug. Sie lassen die feurigen Pfeile des Teufels und der bösen Menschen durch. Und so wird es leider auch bleiben, bis zum Jüngsten, also zum letzten Tag, wenn unser Herr wiederkommen wird.

Dann ist es mit den feurigen Pfeilen ganz vorbei, dann brauchen wir keinen Glauben mehr, weil wir dann den Herrn sehen.

Aber jetzt gibt es noch diese feurigen Pfeile. Ich habe sie selbst in Hamburg und Stuttgart erlebt, als dort im letzten Krieg die Bomben fielen und die Menschen verbrannten und töteten. Im Krankenhaus, wo ich arbeitete, lagen die verwundeten und sterbenden Menschen auf meiner Station, und ich habe damals oft gebetet: ›Komm, Herr Jesu, ach komm, laß uns nicht alle verderben . . .‹«

Alle Jungen hörten aufmerksam zu. Schwester Helene fuhr strahlend fort: »Ja, er wird kommen in all seiner Herrlichkeit. Aber jetzt ist noch der Heilige Geist unter uns, wie ein Schild. Und dann haben wir noch den Helm des Geistes, der uns auch am Kopf schützt.«

Ein Junge unterbrach sie: »Ist der Helm des Geistes aus Eisen oder aus Pappe?«

Alle fuhren erstaunt aus ihren Gedanken hoch und sahen ihn ärgerlich oder höhnisch an.

Der Junge erklärte seine Frage: »Also meine Mutter, die hat mal einen Ami als Freund gehabt, der brachte immer Schokolade und Zigaretten mit, und zwei Helme hatte der, einen aus Eisen und den anderen aus Pappe. In den aus Pappe hat er auch Wasser reingetan und sich damit rasiert. Der hat den mir auch mal aufgesetzt, und da hat der wie ein Pißpott herumgewackelt.« Er lachte laut über seinen Witz, brach aber sein Lachen sofort ab, als er sah, daß die anderen seinen Vergleich doof fanden.

Doch Schwester Helene ging auf seine Frage ein: »Also, der Helm des Geistes ist ganz bestimmt nicht aus Pappe.«

Ein Junge kam ihr zu Hilfe: »So ein richtiger Helm kann auch gar nicht aus Pappe sein. Im Krieg muß der doch vor Kugeln und Splittern schützen, und die Amateurboxer müssen auch einen, aber aus Leder tragen, damit sie nicht so matschig geschlagen werden wie der Mohammed Ali.«

Schwester Helene nahm den Faden auf: »Ja, so sind die weltlichen Helme, sie können nur schützen oder abdämpfen. Aber durch den Helm des Heils, von dem der Apostel

Paulus spricht, da geht nichts durch, der hält für alle Ewigkeit.«

»Aha«, fiel bei einem Klugen der Groschen, »dann muß der so sein wie die Hornhaut vom Siegfried im Nibelungenlied. Als der sich da badete, worin, weiß ich nicht mehr, da fiel ja ein Lindenblatt auf eine Stelle, und die wurde nicht geschützt, und da hat ja später dieser Hagen genau seinen Speer reingestoßen, und Siegfried war tot.«

»Kerl, Kerl, watt der weiß«, wunderte sich ein Junge.

»Wissen ist Macht«, deklamierte der Kenner des Nibelungenliedes mit geschwollener K.o.-Siegerbrust.

Doch ein Zweifler griff ein: »Ist doch alles Käse, das mit dem Siegfried. Was nützen heute Schild und Speer, wenn es nicht nur Gewehre, sondern auch Atombomben gibt? Da kannste den Helm nur noch für Karneval tragen. Früher war der Glaube auch noch mehr wert als heute. Heute wissen die Leute viel mehr und auch, warum es Regenbogen am Himmel gibt. Kann man erklären. Darum nützen uns die Bilder und Märchen von der Schwester Helene und aus der Bibel auch nichts. Ich möchte auch gerne glauben, das ist einfacher, aber ich kann es nicht.«

»Und noch was«, rief ein zweiter. »Dieses Wort Heil, das ist doch nicht gut, das haben sie damals bei Hitler gebrüllt und all die Juden vergast, und der Terror ruft es heute noch und droht anderen damit. Das ist doch nicht gut.«

»Die Menschen haben das Wort Heil total verdreht«, versuchte Schwester Helene zu erklären. »Heil kommt eigentlich von Heilen, und so versteht es auch die Bibel, in keinem anderen ist die richtige Heilung als in Gott und seinem Sohn Jesus Christus. Doch bei Hitler wurde der Heiler zum Zerstörer. Und so war es damals auch bei den römischen Kaisern, die versprachen Heil und verbreiteten Terror und Mord. Gott will unserem Körper, aber auch unserer Seele Heilung und Gesundheit bringen. In der Seele sind heute mehr Menschen krank als früher, weil sie nicht mehr an Gott glauben wollen oder auch können. Darum wollen sie auch nichts mehr von ihrem Nächsten wissen, sondern sind nur an sich selbst interessiert, wollen alles nur für sich selbst haben und nutzen die anderen aus. So kann man zwar reich werden, aber nie glücklich. Gott möchte uns hauptsächlich von unserem Egoismus und von unserem Neid heilen. Das ist sein Heil.«

»Das ist ja wie eine Krankenkasse«, meinte ein Junge. »Die bezahlt ja, wenn man zum Arzt und zum Krankenhaus muß, und auch die Pillen.«

»Und noch mehr«, ergänzte ihn einer. »Gott ist nicht nur eine Krankenkasse gegen Krankheiten, sondern sogar gegen den Tod, wie Schwester Helene sagt.«

Schwester Helene nickte erfreut.

Doch einem ganz Stillen fiel dabei etwas ganz anderes ein. Er sinnierte: »Das muß so was wie ein Atombunker sein, wohin die Regierungen und auch der Kohl flüchten, wenn die ersten Atombomben fallen, und die Generäle.«

»Das sind natürlich alles nur Bilder und menschliche Vorstellungen«, versuchte Schwester Helene zum Eigentlichen zurückzukehren. »Wir Menschen versuchen uns eigene Bilder zu machen. Wir wissen heute schon ziemlich genau, wie Krankheit, Krieg, der Tod und das Böse aussehen, aber das Gute und Gott, das kennen wir immer weniger. Wir sagen auch lieber etwas Schlechtes über andere Menschen als Gutes. Das zeigt uns auch, daß das Gute immer mehr abnimmt und das Böse zu. Uns geht es heute viel besser als früher, doch wir helfen uns immer weniger. Die Kriege werden immer gefährlicher.«

»Das stimmt nicht mehr so ganz«, rief einer der Jungen. »Denk doch mal an Gorbatschow und an die Mauer. Vielleicht wird es bald keine Kriege mehr geben, und alle Menschen werden sich so benehmen, wie es sein soll.«

»Dann wäre das aber langweilig hier«, rief der Vorlaute.

Das gefiel Schwester Helene gar nicht. Sie bemerkte: »Besser Frieden und Langeweile, als Krieg und Schmerz und Tod.«

Fanden die meisten Jungen auch.

»Aber da ist noch etwas, worauf ich hinweisen möchte«, mischte sich Schwester Helene ein. »Und das ist die Einsamkeit der Menschen, und wie jeder heute für sich selbst lebt und stirbt, und keiner ist für den Leidenden da. Keiner hat Zeit für den Nächsten. Wir leben schon fast in einer gottlosen Welt. Aber stellt euch mal vor, wie es wäre, wenn es keinen Gott gäbe, wenn wir keinen Vater im Himmel hätten. Dann wären wir alle Waisen und hätten keine Schwestern und Brüder. Dann wäre jeder allein, und die Stärksten und Frechsten würden regieren. Keiner nähme mehr Rücksicht auf den anderen. Es gäbe keine Moral mehr, die Zehn Gebote würden außer Kraft gesetzt, und der höchste Gott hieße Geld. Das wäre auch der Maßstab aller Dinge. Nicht mehr Gott, nicht mehr der Mensch, sondern nur noch das Geld. Sicher versteht ihr, was ich sagen will.

Im Moment sieht es ja noch ganz gut aus, in unserm Land, uns geht es allen äußerlich ganz gut, und wir leben noch von dem, was uns unsere Eltern und Großeltern gegeben haben, aber bald wird nichts mehr davon da sein. Wir werden dann nicht mehr wissen, daß wir noch einen Vater im Himmel haben, und Schwestern und Brüder. Dann wird auf einmal jeder ganz allein sein. Keiner wird mehr wissen, wohin es geht, aber spüren werden alle, daß es ins Nichts und in die Hölle geht. Darum werden viele rufen und sich zu trösten versuchen: Macht es euch nur auf dieser Erde schön, kein Jenseits gibt's, kein Wiedersehn. Aber das will ich euch bekennen, daß wir doch einen Vater im Himmel haben, und daß eine neue Erde und ein neuer Himmel auf uns warten.

Das sage ich nicht so von mir aus, sondern so steht es in der Heiligen Schrift, die ihr jetzt alle in euren Händen habt. Wir schlagen es jetzt einmal auf: Offenbarung 21, ganz hinten in eurer Bibel, auf Seite 305.«

Alle Jungen beschäftigten sich damit, die angegebene Stelle zu finden, und wem es nicht auf Anhieb gelang, dem wurde von seinem Nachbarn geholfen.

Der Vorlaute sprang schon auf und wollte losrattern, doch Schwester Helene mahnte ihn: »Schön langsam lesen, denn sonst versteht ihr nichts. Das ist ein Text, der nicht so leicht zu lesen ist wie die Comics.«

Achim, der Vorlaute, stand auf wie ein Schauspieler, deutete sogar eine Verbeugung an und intonierte. Das tat er so feierlich, daß alle aufsahen und auf den Text der Offenbarung warteten: »Und siehe, ich sah einen neuen Himmel und eine neue Erde, denn der erste Himmel und die erste Erde verging, und das Meer ist nicht mehr. Und ich, Johannes, sah die heilige Stadt, das neue Jerusalem, von Gott aus dem Himmel herabfahrend, bereitet als eine geschmückte Braut ihrem Mann.

Und ich hörte eine große Stimme von dem Stuhl, die sprach: Siehe da, die Hütte Gottes bei den Menschen! Und er wird bei ihnen wohnen, und sie werden sein Volk sein, und er selbst, Gott mit ihnen, wird ihr Gott sein; und Gott wird abwischen alle Tränen von ihren Augen, und der Tod wird nicht mehr sein, noch Leid, noch Geschrei, noch Schmerz wird sein; denn das erste ist vergangen.«

Alle Jungen hatten gespannt zugehört.

Einer seufzte: »Ich möchte es ja glauben, doch das hört sich alles so wie ein Märchen an. So schön, als ob das gar nicht wahr sein kann.«

»Doch, doch, Junge«, bekräftigte Schwester Helene. »Das ist wahr.«

Von ganz hinten, aus einer Ecke, kam eine kräftige Stimme: »Was die Schwester Helene sagt, das ist wahr. Die will doch nur das Beste für uns. Meinst du, die will uns belügen? Da hat sie doch nichts von. Die hat uns doch immer die Wahrheit gesagt, und auf die kannst du dich verlassen. Der glaub ich alles, auch das mit dem neuen Himmel und der neuen Erde.«

Die Jungen sahen alle Schwester Helene an, mit Gesichtern, die denen von Kindern unter dem Weihnachtsbaum glichen. Ich spürte, hier begann der neue Himmel, die neue Erde, das himmlische Jerusalem, hier im geschlossenen Vollzug des Jugendhofes.

Pfingsttreffen der bekennenden Jugend mit Punkern

Dieses Treffen im Bergischen Land wollte Schwester Helene unbedingt mit Jugendlichen aus ihrem Milieu besuchen. Ich meldete Bedenken an: »Schwester Helene, dort werden diese Jugendlichen doch nur abgestoßen. Das ist doch zu fromm für sie. Ich würde diese Jungen und Mädchen noch nicht einmal zu einem Sportfest des CVJM mitnehmen, geschweige denn zu einer Glaubensversammlung, in der drei Tage lang nur massiv gepredigt und die Bibel studiert wird. Die rennen doch weg.«

Aber Schwester Helene ließ sich nicht beirren. Sie mietete einen Kleinbus und bat mich, ihn zu fahren: »So kannst du dann auch miterleben, was Pfingsten geschehen kann. Du weißt es ja aus der Bibel, daß man mit dem Heiligen Geist überall rechnen darf, wo zwei oder drei in seinem Namen versammelt sind.«

Mir lagen diese Art von Versammlungen auch nicht, aber wer konnte Schwester Helene schon etwas abschlagen?

Erst holte ich den Kleinbus und dann Schwester Helene ab. In der Bordellstraße drückten sich nur wenige Jungen und Mädchen herum.

»Nichts los hier«, erklärten sie Schwester Helene.

»Aber ich habe etwas Feines für euch. Wir fahren aufs Land, in die frische Luft. Dort treffen sich an die zweitausend junge Leute zu einer Glaubenskonferenz. Es wird euch bestimmt gefallen.«

Sie sahen sich erst zweifelnd an. Doch dann erklärte ein Punker, von dem ich es nie erwartet hätte: »Wir fahren mit. Wenn die Schwester Helene sagt, es ist gut, dann ist es auch gut. Und zahlen brauchen wir auch nichts. Hier ist ja nichts los, vielleicht können wir da draußen ja die Sau loslassen.«

Sie stiegen also ein, vier Jungen und zwei Mädchen, Türken und Deutsche. Die Mädchen waren hübsch, doch grell angezogen, wie die Jungen. Keiner schien zu Hause

Bescheid sagen zu müssen. Sie kamen alle mit, auch ohne jedes Wasch- und Schlafzeug.

Ganz besonders auffallend sah natürlich der Punker aus, mit seinem rasierten Kopf, auf dem nur ein Stück Pferdemähne stand. Diese Haare hatte er sich in grellen Farben bespritzen lassen. Seine Lederjacke war mit verrostetem Gerümpel vollgenagelt. Von den eisenbeschlagenen Spitzen seiner Stiefel hätte ich mir nicht gerne einen Tritt eingefangen. Auch seinen Fäusten war anzusehen, daß sie übel zuschlagen konnten. Er nahm sofort den Platz neben mir ein. Schwester Helene setzte sich hinten zu den Mädchen.

Ich mochte diesen Punker neben mir. Trotz allem hatte er ein nettes Lächeln im Gesicht, das alle bösen Worte und Gesten abschwächte, die er von sich gab.

Vertraulich stieß er mir in die Seite: »Diese beiden Mädchen hier, die teilen wir zwischen uns auf. Du kriegst die etwas ältere, die sonst immer in der Pommesbude ist.«

Es kamen noch einige Jungen dazu, als sie den Punker im Bus sitzen sahen. Halbvoll beladen fuhren wir dann los.

Zwischen denen, die im Bus saßen, gab es keine Nationalitätenprobleme. Alle sprachen Kölsch. Das laute Gerede und Gekichere wurde nur unterbrochen, wenn der Punker etwas zu sagen hatte. Dann herrschte Totenstille. Den fürchteten alle.

Schwester Helene hatte sich froh und frisch für dieses Frühsommerfest gekleidet. Sie trug nicht ihre Schwesterntracht, sondern ein buntes, langes Sommerkleid. Auch ihre Haare hatte sie frisch frisiert, und der Wind spielte mit ihnen, ohne die einengende Haube.

Im Jugenddorf warteten die Jungen schon auf uns. Auch aus dem geschlossenen Vollzug durften welche mitkommen, was eigentlich verboten war. Doch als Schwester Helene für sie garantierte, durften sie mitfahren. Sie sagte kein Wort zu ihnen, sah sie auch nicht an. Sie vertraute ihnen einfach.

Wir fuhren also mit dem starken Pfingstverkehr ins

Grüne hinaus. Ich nahm dann Nebenstraßen, dort fuhren wir ziemlich allein. Schwester Helene stimmte »Geh aus, mein Herz, und suche Freud« an, doch das kannten nur sie und ich.

Dann riefen sie von hinten im Chor: »Rock, rock.« Einige hatten ihre Kassetten mitgebracht, die ich in den Recorder schob. Sie waren glücklich, als sie ihre Musik hörten. Schwester Helene freute sich, daß sich ihre Kinder freuten. So war für sie alles in Ordnung.

Schließlich erreichten wir die Glaubenskonferenz. Als sich unser Bus entlud, fielen wir natürlich sofort auf. Alle starrten uns an. Das verbesserte die Stimmung unserer Jungen noch. Sie fingen an, Zigaretten zu drehen, doch Schwester Helene bat: »Nicht hier auf dem Platz rauchen.« Und sie fügten sich. Der Punker steckte seinen Tabak zuerst weg, da taten es die anderen auch.

Als wir uns einen Weg durch die sich ansammelnde Glaubenskonferenz pflügten, wich alles zurück, wie die Wellen des Roten Meeres vor den Israeliten. Die harten Worte, die von unseren Knaben ausgestoßen wurden, bahnten uns den Weg schon im voraus. Verwundert starrten die braven Jungen und Mädchen dieser Bande nach. So etwas war hier noch nicht erschienen.

Wir wurden dem Hauptredner der Konferenz vorgestellt. Schon mein erster Eindruck war, daß der sehr viel von der Glaubenspropaganda verstand. Wie ein geschickter Wendehals bewegte und redete er so mit unseren Jungen und Mädchen, als ob er sich jeden Tag in diesen Kreisen bewegen würde.

Ich sah wohl ziemlich normal aus und wurde von ihm übersehen. Auch Schwester Helene. Er schien nur noch für die Jungen und Mädchen dazusein. Er versuchte es auch mit deren Sprache, aber das ließ er sehr schnell, weil die sich aus seinem Mund ziemlich lächerlich anhörte.

Abrupt ließ er uns stehen und rief uns im halben Fortlaufen noch zu: »Ich muß jetzt noch einen Schlag beten.«

Das hörte sich für mich so an wie der Ausdruck aus dem Ruhrgebiet, den die Kumpels gerne gebrauchten:

»Einen Schlag Hacken.« Das bedeutete genau das Gegenteil von Beten.

Die große Glaubenskonferenz setzte sich aus lauter kleinen Grüppchen zusammen. Um die wenigen Jugendlichen kreisten immer mehrere Erwachsene und paßten auf, daß ihre Lämmer nur nicht verlorengingen oder ihnen etwas fehlte. Um unsere Gruppe führten sie ihre Herden in einem großen Bogen herum und warfen uns dabei ablehnende Blicke zu.

Schwester Helene ließ ihren Schäfchen nicht lange Zeit, mit der total anderen Umgebung vertraut zu werden. Sie stieg mit ihnen sofort in die Löwengrube, indem sie befahl: »So, nun gehen wir auch zu der Gebetsgemeinschaft.«

Da die Jungen und Mädchen sowieso nicht wußten, was das war, trotteten sie mit. Ich sah eine ganz schöne Katastrophe voraus, denn ich kenne diese Art von Gebetsgemeinschaften. Erstens mal liegen die mir überhaupt nicht, und zweitens beten viele dort so, als ob sie den lieben Gott gepachtet hätten, oder sie versuchen, durch ihre Gebete zu evangelisieren und zu bekehren. Ich schien aber der einzige von unserem Trupp zu sein, der zögernd folgte. Die anderen taten so, als ob es in eine Disco ginge.

Schwester Helene marschierte mit uns in die vorderste Reihe, ehe sich der Raum bis auf den letzten Platz füllte. Das war schon was für unsere Leute – drängende Enge. Sie fingen gleich an, zu klatschen und zu schaukeln, als ob in wenigen Minuten eine Band auftreten würde.

Die trat sogar auf, aber sie spielte etwas ganz anderes als das, was unsere Leute erwarteten. Sie sahen sich an; so etwas hatten sie noch nicht gehört. Den Text verstanden sie sowieso nicht, also klatschten sie laut mit, und die anderen fielen erstaunt ein.

Der Mann, der sie schon begrüßt hatte, trat ans Rednerpult und forderte nach einer kurzen Ansprache alle auf, mit ihm zu beten.

Erst begriffen unsere Leute nicht, was da geschah, doch als der Punker ihnen zuflüsterte: »Gleich geht bestimmt der Rabbatz los«, senkten sie ihre Köpfe und warteten.

Als Schwester Helene auch laut betete, stießen sie sich alle stolz an; sie war eine von ihnen.

Nach der Gebetsgemeinschaft kamen sie kaum zum Luftholen. Es ging sofort in die erste Evangelisationsversammlung in einem riesigen Zelt, das sich bis zum letzten Platz füllte.

Der Hauptakteur kam sofort zur Sache, nämlich auf die Sünden der im Saal Sitzenden. Die zogen sich die Schuld sofort an, obwohl der Mann in der Lederjacke von ganz massiven Sünden sprach. Alle, die im Zelt saßen, hatten bestimmt nicht so ein wüstes Leben geführt wie das, von dem der Mann auf dem Podium redete. Doch sie fühlten sich alle schuldig. Und als es dem Redner in der Lederjacke zu warm wurde, zog er die aus und predigte in Hemdsärmeln weiter.

Ich sah, daß unsere Gruppe überhaupt nichts kapierte, doch sie amüsierten sich über den vor dem Mikrofon Schreienden und Drohenden. Der kam ihnen exotisch vor, und weil der Punker sich amüsierte, taten sie es auch.

Wie stolz fühlte sich der Punker, als beim Hinausgehen der Redner ihn so auf die Schultern klopfte, als ob sie schon immer alte Kameraden gewesen wären.

Anschließend schleppte Schwester Helene uns alle in eine Arbeitsgruppe. Ich dachte, unsere Leute würden streiken, doch die nahmen alles mit, natürlich auch das Mittagessen und die Zigarettenpause hinter den Bäumen.

Auch in einen Vortrag über die letzten Dinge schleppte Schwester Helene uns mit. Ich fand das alles etwas spekulativ, doch meine neuen Freunde genossen es.

Dann saßen wir ein Konzert neuer Glaubenslieder ab.

Als wir anschließend noch einmal in eine Gebetsgemeinschaft sollten, streikte ich. Schwester Helene fragte erstaunt: »Betest du denn nicht, Bruder Fritz?«

»Doch, doch«, protestierte ich, »aber lieber im Kämmerlein.«

»Aber trotzdem brauchst du nicht so ein Gesicht zu machen und die Jungen und Mädchen eventuell noch abhalten.«

Ich gab auf. Mir fiel eine Gruppe von Mecklenburger

Bauern ein, die mir auf einem DDR-Kirchentag begegnet waren, als die Mauer noch stand. Ich sollte für eine Presseagentur berichten und klapperte alle Veranstaltungen ab.

Morgens Gebetsfrühstück der Frauen. Da saßen die Bauern, obwohl sie sichtbar zum anderen Geschlecht gehörten. Doch mit ihnen zogen die Frauen, also nahmen sie auch das mit. Die Bibelarbeit natürlich und auch das anschließende Orgelkonzert moderner, nicht leicht verdaulicher Musik.

Ich traf sie überall, bei jeder Veranstaltung und auch noch tief in der Nacht bei einem politischen Nachtgebet. Zwischendurch ernährten sie sich von Hartwurst und einem Brotlaib, und dann wieder in die nächste Veranstaltung, auch dorthin, wo ein kaum verständlicher Professor exegetische Fragen behandelte. Natürlich fehlten sie nicht bei dem Symposium über südamerikanische Befreiungstheologie.

Da sprach ich sie an und sagte ihnen, wie ich mich über ihr Interesse und ihr Sitz- und Hörvermögen wunderte. »Kriegen Sie denn alles mit?« fragte ich. »Ich habe Probleme.«

»Wir kriegen nicht alles mit«, erklärte mir der mecklenburgische Wortführer, »aber wir nehmens allens mit.«

Ich verstand. Immer wenn wir uns sahen, rief er mir zu: »Wir nehmens allens mit.« Später erklärte er mir: »Weißt du, bei uns kriegst du kaum was von der Kirche geboten. Die oben wollen die ja nicht. Und unser Pastor ist auch so eine Schlafmütze, aber da nehmens wir hier allens mit.«

An diese Mecklenburger mußte ich denken, als ich unsere Jungen und Mädchen beobachtete.

Ehe wir zur Nacht in die getrennten Quartiere aufgeteilt wurden, gestattete Schwester Helene den Jungen und Mädchen einen kurzen Auslauf ins Dorf. Aber sie fuhr mit. Sofort besetzten die Jungen alle Spiel- und Musikautomaten in der einzigen Kneipe und tranken Cola, aber sonst nichts. Wer Schwester Helene war, sollten die neugierigen Gäste erfahren, als sie anfing, ihre Traktate zu verteilen.

Und noch mehr wunderten sich die Trinker, als auch

noch diese laute Bande aus der Großstadt, von der sie Ärger und Störung erwartet hatten, Schwester Helene half, Traktate und christliche Abreißkalender zu verteilen. Verdutzt saßen sie da und nahmen alles an, als sie von einem Türkenmädchen und einem Punker zum Glauben gerufen wurden.

Die Bekehrung des Punkers

Als wir uns am nächsten Morgen aus den Schlafsäcken drehten, die Schwester Helene organisiert hatte, kniff der Punker mir ein Auge zu und röhrte mit seiner verrauchten Stimme: »Das ist hier wie im Zirkus oder wie beim Rock. Da weißte auch nicht, wo das hingeht, da machste einfach mit. Aber anmachen tut es mich auch, muß ich zugeben, ehrlich.«

Die anderen ließen sich Zeit mit der Morgentoilette, sie gaben zu erkennen, daß sie erst zum Frühstück erscheinen wollten. Doch der Punker beeilte sich, er wollte unbedingt mit Schwester Helene zu einer der vielen kleinen Gebetsgemeinschaften. Mich zog er auch am Ärmel mit.

In unserer Gebetsgruppe fand eine Seelenmassage für die Bekehrung der Zuhörer statt. So wirkte es jedenfalls auf mich. Der Prediger des nachfolgenden Gottesdienstes, der nun nicht in einer Lederjacke, sondern in einem dunklen Anzug auftrat, gab ein glühendes Vorwort und den Kurs vor. Schon während der Gebetsgemeinschaft deuteten einige junge Leute ihre Bekehrung an. Ich wunderte mich, daß der Punker nicht hinauslief. Ganz im Gegenteil! Als wir die anderen trafen und ins Zelt zum Gottesdienst gingen, waren die zu Witzen aufgelegt und erwarteten vom Punker eine Schau, wie immer. Doch der sagte kein Wort; er war ganz nach innen gekehrt. Erstaunt sahen sich alle an.

Ungefähr dreitausend junge Leute drängten sich im Zelt, sangen fröhlich und hörten konzentriert zu. Der Prediger war ein begnadeter Redner. Er hatte in dem Punker etwas ausgelöst, das sah ich ihm an. Als ich einen Blick zu Schwester Helene warf, bedeutete sie mir mit gefalteten Händen und einer Kopfbewegung zum Punker hin, daß ich für ihn beten sollte, was ich auch tat.

Nach dem Gottesdienst, als alle noch fröhliche, rhythmische Lieder sangen, zupfte der Punker Schwester Helene am Ärmel und bat sie: »Ich möchte gerne mit dir sprechen, ganz allein.«

Sie waren bis in den Nachmittag im Wald nebenan unterwegs. Die andern Jugendlichen wunderten sich schon über ihre lange Abwesenheit. Als sie zurückkamen, sagte Schwester Helene zu uns: »Er hat sein Leben dem Herrn Jesus übergeben.«

»Ja, so ist es«, setzte der Punker hinzu.

Sie lud uns alle zum Kaffeetrinken ein, um das zu feiern. Später nahm sie mich zur Seite: »Ich sehe dein zweifelndes Gesicht«, erklärte sie. »Freust du dich denn gar nicht? Ist es dem Punker denn nicht genauso ergangen wie Paulus vor Damaskus?«

»Aber das ging alles viel zu schnell«, gab ich zu bedenken. »Morgen holt ihn wieder der Alltag und die Bordellstraße ein. Da kommt er wieder mit seinen Kumpels und den Punkmädchen zusammen, und er wird alles vergessen, fürchte ich.«

»Das laß mal die Sache des guten Geistes unseres Vaters sein«, stellte Schwester Helene fest. »Der nimmt sich immer wieder seiner Herde an, wie es in der Schrift steht, und ganz besonders eines frischen, neugeborenen Lämmchens . . .«

». . . obwohl der gar nicht so aussieht«, setzte ich hinzu.

Schwester Helene lächelte: »Ich freue mich so! Ein neues Leben beginnt. Ist das nicht schön?«

Bei der Rückfahrt stimmte der Punker die Lieder an, die er auf dem Pfingsttreffen gelernt hatte, und die anderen fielen ein.

Ich fürchtete, daß alles nur eine Einbildung gewesen sei. Aber dem war nicht so. Heute, nach zwei Jahren, ist der Punker noch immer ein treuer Mitarbeiter von Schwester Helene, wenn sie durch die Kneipen zieht.

Der Lustmörder

Schwester Helene hatte den Überfall schon fast vergessen. Nur sehr selten erinnerte sie sich daran, und dann hauptsächlich an ihre wundersame Errettung, die sie darin bestärkte, daß Gott seine Engel über sie wachen ließ. So drückte sie sich aus.

Darum war sie auch weiterhin spät abends in den üblen Häusern und Gassen der Stadt unterwegs, in die sich kaum ein Mann allein hineintraute.

Wie oft hatte sich Schwester Helene an einem Abend wieder verspätet. Die Frauen in der Bordellstraße hatten ihren Rat gebraucht und einen Menschen, der ihnen zuhörte. Anschließend ging sie durch eine andere Gasse zur Ringstraße, wo sie einen Bus nach Hause nehmen wollte. Sie befand sich zwischen Abbruch- und Baustellen; die Gasse war hier so eng, daß kein Auto mehr durchkam. Sie sah schon die Lichter der Ringstraße und die wenigen Autos, die sie noch befuhren.

Da trat ihr plötzlich ein Mann aus dem Dunkeln in den Weg. Ehe sie sich wehren konnte, griff er ihre beiden Arme, umklammerte sie und fauchte ihr ins Gesicht: »Ich hab heute Lust, einen abzumurksen. Du bist dran. In ein paar Sekunden bist du kaputt.«

Schwester Helene sah in den wirren, brutalen Augen des jungen Mannes, daß er es ernst meinte.

Er begann auch sofort mit der Hinrichtung, umfaßte mit seiner gewaltigen linken Pranke ihre beiden Handgelenke und spannte seine Rechte um ihren Hals, um sie zu erwürgen. Gleichzeitig rammte er ihr sein Knie gewaltig in den Unterleib.

Schwester Helene wäre vor Schmerz zusammengebrochen, wenn der Mann sie nicht mit dem Knie und einer Hand aufgefangen hätte. Gerade als ihre Kehle frei wurde, raffte sie allen ihren Mut zusammen, trotz des Schmerzes und des drohenden Gesichts vor ihr, und sagte: »Wenn du mich tötest, werde ich in den Himmel kommen, doch du kommst an den Ort der Finsternis.«

Der Mann hielt inne. Er starrte Schwester Helene erstaunt an. Damit hatte er nicht gerechnet. Das verschlug ihm die Sprache und schien ihn zu hindern, gleich weiterzumachen. Das gab ihr den Mut, noch etwas zu sagen: »Ich freue mich schon auf den Herrn Jesus, den ich gleich sehen werde. Doch du wirst in die Hölle kommen, weil du einen Menschen getötest hast.«

Sie schloß mit ihrem Leben ab und wurde ganz ruhig. Es war ihr so, als ob der Heiland ihr schon entgegenkäme. »Ja komm, Herr Jesus«, betete sie laut. Sie sah zwar noch die Augen ihres Mörders dicht vor sich, doch die schienen gleichzeitig ganz weit weggerückt zu sein. Sie erkannte die Lust am Morden in seinen Augen, aber er tat ihr auch leid.

Obwohl sie eigentlich gar nicht mehr reden konnte und der Schreck sie noch immer lähmte, brach es aus ihr heraus: »Du weißt ja gar nicht, was du tust.« Als sie es gesagt hatte, fühlte sich Schwester Helene auf einmal ganz leicht. Nun war sie zum Schmerz und zum Sterben bereit.

Doch plötzlich spürte sie, wie der Griff des Unholds an ihrem Hals sich lockerte. Er nahm auch das Knie zurück, mit dem er sie gegen die Hauswand gerammt hatte. Nur mit der linken Hand umklammerte er noch fest und schmerzhaft ihre Handgelenke.

Dann fragte er plötzlich, fast schreckhaft und schnell: »Woher weißt du das?«

»Aus dem Wort Gottes«, antwortete Schwester Helene.

Der Gewalttäter zögerte. Er ließ sie noch nicht los, aber er griff auch nicht um ihren Hals. Noch einmal kam Furcht in Schwester Helene auf, aber dieses Mal sanfter, wie in Watte verpackt.

»Aus der Bibel?« fragte der Mann. »Ja«, antwortete Schwester Helene.

»Wie denn?« fragte der Mörder weiter.

»Ich kann es dir erklären, wenn du mich losläßt«, war Schwester Helene schon wieder ganz in ihrem Element.

»Und du wirst die Polizei rufen«, wußte der Mörder.

»Niemals«, versprach ihm Schwester Helene aus vollem Herzen, und das kam auch so bei ihm an. Doch er überlegte noch. Schwester Helene erschien es wie eine Ewigkeit. Er lockerte den Griff, dann packte er wieder zu. Er war unentschlossen. Schwester Helene keuchte innerlich Stoßgebete zum Himmel und konzentrierte sich mit ihren Augen auf den Beinahe-Mörder.

Der sah sie noch einmal ganz lange an. Dann sagte er: »Gut!« und ließ Schwester Helene los.

Sie atmete tief durch. Sie versuchte, ihren Mund vom Speichel zu reinigen und ihren Mantel, obwohl sie gar nicht wußte, ob der beschmutzt war. Er half ihr dabei. Es war so ein friedliches Bild, wie ein wohlerzogener junger Mann einer Schwester, die wohl eben gestürzt war, wieder auf die Beine half und ihre Kleidung reinigte.

Als Schwester Helene einen Schritt gehen wollte, tat ihr plötzlich alles weh. Vor Schmerz verzerrte sich ihr Gesicht, obwohl sie sich eigentlich beherrschen wollte.

»Tut mir leid«, knurrte der junge Mann. Und dann, nach einigem Zögern: »Es ist so kalt und naß hier draußen. Drüben ist noch eine Kneipe auf. Laß uns dahin gehen, und du erzählst mir das von Gott und dem Himmel und der Hölle.«

Als Schwester Helene sich auf dem Weg machen wollte, hielt er sie doch noch einmal zurück und sah ihr hart ins Gesicht. Sie wußte, was er dachte, obwohl er kein Wort gebrauchte. »Ich werde keinem ein Wort sagen, darauf kannst du dich absolut verlassen«, versprach sie ihm.

Er glaubte es ihr und führte sie in eine heruntergekommene Wirtschaft, die hinter den Abbruchstellen versteckt lag. Der Wirt sah noch nicht einmal erstaunt auf, als dieses seltsame Paar bei ihm nach Mitternacht erschien. Bei ihm verkehrte alles; sein Wahlspruch, der hinter der Theke hing, lautete: »Ich habe schon Pferde kotzen sehen, vor der Apotheke.«

Schwester Helene bestellte ein Kännchen Kaffee, der »Mörder« Schnaps und Bier.

Der Wirt kannte Schwester Helene von ihren Einsätzen bei ihm, doch als dezenter Gastronom tat er so, als ob er sie noch nie gesehen hätte.

Durch Schwester Helenes Gehirn schoß der Gedanke, daß sie hier den Gewalttäter überführen könnte. Außer dem Wirt hockten noch vier starke Männer und zwei Frauen im Schankraum, die auch nicht pingelig waren. Doch sie wischte diesen Gedanken schnell wieder weg. Sie hatte ihrem »Mörder« versprochen, ihn nicht anzuzeigen, und sie hielt sich daran.

Sie wollte ihm auch helfen, ein besserer und geretteter Mensch zu werden.

Er wartete höflich und wie ein aufmerksamer Schüler auf das, was Schwester Helene ihm erzählen wollte.

Sie berichtete ihm von Jesus aus Nazareth, wie der in Bethlehem in einer Krippe geboren wurde. Sie erzählte, wie dieser Jesus allen Menschen half, und was er zu ihnen gesagt hatte. Sie faßte das alles in drei Worte zusammen: teilen und mitteilen.

Schwester Helene war sich nicht sicher, ob der junge Mann überhaupt zuhörte. Er schien mit seinem Blick und mit seinen Gedanken ganz weit weg zu sein. Aber als sie aufhörte zu reden, fuhr er sie an: »Weiter, weiter!«

Schwester Helene erzählte weiter, von der Bergpredigt, vom Gleichnis vom Hochzeitsmahl, zu dem Gott alle von den Hecken und Zäunen einlud, als die Reichen und Frommen nicht kommen wollten, und dann berichtete sie vom Tod Jesu.

Die Gäste hatten mittlerweile die Schenke verlassen. Der Wirt stellte die Stühle auf die Tische und hätte gerne gesehen, wenn die beiden letzten auch verschwunden wären. Er gähnte so laut, daß es jeden empfindlichen Gast vertrieben hätte. Die beiden Gäste hatten ihm sowieso kaum etwas eingebracht, außer dem Kännchen Kaffee und einem Schnaps und Bier.

Schwester Helene redete noch, da mischte der Wirt sich ein: »Ich muß jetzt dichtmachen, sonst nehmen sie mir die Konzession weg, ich bin schon zweimal verwarnt worden.«

Der junge Mann zahlte alle Getränke, obwohl Schwester Helene protestierte.

»Das wäre ja noch schöner!« schnitt er ihr das Wort ab. »Ich bringe dich zum Bus«, erklärte er hart.

Schwester Helene zuckte zusammen. Er konnte sie draußen im Dunkeln noch einmal überfallen und auch töten. Sein Gesicht sah so abwesend aus. Doch sie folgte ihm durch die Nacht.

An der Haltestelle stellten sie fest, daß der letzte Bus weg war.

»Ich kann ein Taxi nehmen«, schlug Schwester Helene vor.

»Ist zu teuer«, fand der junge Mann. »Ich bring dich mit meinem Moped hin, das steht dahinten.«

So fuhr das ungleiche Paar los. Vorne saß der bullige Kerl, hinten eine zarte Diakonisse. Unterwegs holte sie ein Streifenwagen der Polizei ein und hielt sie an.

Der junge Mann drehte sich kurz nach Schwester Helene um, doch sie lächelte und flüsterte: »Ich zahle die Strafe.« Er winkte ab.

Ein Polizist stieg aus, doch ehe er zu reden beginnen konnte, fiel ihm Schwester Helene schon ins Wort: »Ich weiß, daß es verboten ist, hinten auf einem Moped zu sitzen. Aber weil für mich kein Bus mehr fuhr, war der junge Mann so nett, mich nach Hause zu fahren. Ich zahle die Strafe.«

Die beiden Polizisten überlegten, sahen sich das seltsame Paar an, und dann grinste der eine und meinte: »Hauen Sie ab, aber lassen Sie sich nur nicht vom lieben Gott erwischen.«

Im Restaurant

Der nächtliche Überfall bedrückte Schwester Helene nicht, sondern ermunterte sie, die Menschen weiter da aufzusuchen, wohin sich kaum einer wagte.

Einmal lud sie mich auch zu ihren regelmäßigen Kneipenbesuchen ein. Wir trafen uns im Hauptbahnhof. Wegen der sommerlichen Temperaturen trug sie eine weiße Tracht und lächelte fröhlich. Dieses Lächeln war nicht gemacht, das gehörte einfach zu ihr. Neben ihr standen Einkaufstaschen mit Bibeln und Traktaten. Kalender wurden nicht mehr verteilt, wegen der fortgeschrittenen Jahreszeit.

Auch in der Hand hielt sie einige Traktate, die sie Vorübereilenden anbot. Den Verkäuferinnen im Blumenladen und in den anderen Kiosken war Schwester Helene als eine freundliche Verteilerin bekannt. Ich fragte mich, ob dieses Verteilen von Traktaten an Laufkundschaft überhaupt einen Sinn hatte. Ich erinnerte mich an eine extreme Verteilung, als nämlich deutsche Glaubenseiferer in der ghanaischen Hafenstadt Takoradi deutsche Traktate an analphabetische oder höchstens Englisch lesende Afrikaner verteilten, die dann als Einwickelpapier überall auftauchten.

Doch Schwester Helene war ganz anderer Meinung als ich. »Auf manche Traktate habe ich meine Adresse gestempelt, und du ahnst nicht, wieviele Menschen, die du Laufkundschaft nennst, mir geschrieben haben oder mich anriefen. Nein, es lohnt sich schon, auch wenn nur einer dadurch zum Glauben und zum ewigen Leben kommt.«

Mit einem Blick auf die Uhr stellte Schwester Helene fest, wir hätten noch Zeit, eine gute Tasse Kaffee zu trinken und ein Stück Torte zu essen. Sie würde mich einladen.

Als wir die Treppe zum gläsernen Bahnhofsrestaurant hochstiegen, saßen dort zwei Mädchen auf den Stufen und drehten sich aus schwarzem Tabak Zigaretten. Sie sahen aus wie aus einer Mülltonne gezerrt und rochen auch so. Mit greller Schminke hatten sie ihre Gesichter entstellt und dazu einige Zähne schwarz bemalt. Es sah ekelhaft aus.

Doch Schwester Helene beugte sich freundlich zu ihnen hinunter, wünschte ihnen einen guten Tag und bot ihnen kostenlos ihre Traktate an.

Beide lehnten ab, sie wollten sich auch nicht mit Schwester Helene in ein Gespräch einlassen. Trotzdem wünschte ihnen Schwester Helene einen guten Tag, schüttelte ihnen die Hände und winkte ihnen, auch nachdem sie ihr mit obszönen Gesten angedeutet hatten, was sie ihr wünschten.

Als wir das schicke Restaurant betraten, hellten sich die müden Gesichter der Ober und Serviererinnen auf. »Schwester Helene!« rief einer in die Küche hinein, und ein Koch sah neugierig heraus und begrüßte Schwester Helene winkend.

Schwester Helene machte eine Runde durch das Lokal und die Küche und begrüßte alle. Sie erkundigte sich auch nach ihnen und hörte zu, wenn einer ihr etwas zu sagen hatte. Dann nahmen wir an einem Tisch Platz, den die Kellnerin besonders schön für uns hergerichtet hatte.

»Was mich am meisten beeindruckt, ist, daß du keinen Menschen verurteilst, keinen ausfragst, keinen analysierst. Ist das richtig gesehen?« fragte ich sie.

»Genau«, bestätigte Schwester Helene. »Ich habe doch kein Recht dazu, im Auge des Nächsten einen Splitter zu sehen, wenn in meinem ein schwerer Balken liegt. Wenn es mir um eine Beurteilung meiner Freunde ginge, dann würde sehr schnell eine Verurteilung daraus. Ich kann auch gar keine Beobachterin und Analytikerin sein. Wie kann ich denn die Lage der Menschen beurteilen? Der Dichter Johannes Bobrowski aus der DDR hat mal ein gutes Wort gesagt: ›Der Beobachter sieht nichts.‹

So ist es. Diese Arbeit ist auch keine Qual für mich, sondern eine große Freude. Ich hätte sie ja bei meiner Pensionierung aufgeben können, mein Leben ist finanziell gesichert, und damit verdiene ich auch keinen Pfennig, aber sie macht mir eine so große Freude.

Nein, das Analysieren sollen Klügere tun, und das Verurteilen Stärkere. Ich versuche, den Menschen die Liebe zu bringen, das ist alles.«

Als sie bezahlen wollte, meinte die Serviererin: »Eigentlich sollten Sie hier bei uns nichts zahlen.« Doch Schwester Helene bestand darauf, und ich auch. »Ihr tut schon so viel für mich«, sagte Schwester Helene und erklärte mir: »Weihnachten für die Feier im Bahnhof machen sie alles so schön und räumen dann auch wieder auf. Das kann ich doch gar nicht gutmachen.«

Wir gingen in eine schmale, sehr belebte Einkaufsstraße der kleinen Leute, in fast jedem Haus gab es einen billigen Laden oder eine Kneipe. Auch die Toreinfahrten waren zu Lokalen umgebaut worden. Die vielen Ausländer fielen auf, und Frauen, die nach Strichmöglichkeiten suchten und sich anboten. Obwohl es hier kaum Parkplätze gab, suchten viele Fahrer von Kleinwagen danach. Auch größere Wagen schoben sich durch den Verkehr, an deren Steuern Männer saßen, die nach Frauen suchten und auch mit ihnen ins Gespräch kamen. Schwester Helene kannte sich hier aus und steuerte die erste Stehbierhalle an.

Auf der Bank neben der Aschenbahn

Schwester Helene besuchte aber nicht nur Kneipen, das Eros-Center, die Frauen in ihren Schlafzimmern und die Jungen im Gefängnis; sie wurde auch von Kirchengemeinden und Hauskreisen eingeladen, um dort über ihre Arbeit zu berichten. So bat sie einmal ein Hauskreis im Südosten von Köln um einen Vortrag.

Wie immer fuhr Schwester Helene auch dieses Mal sehr zeitig los, Staus und Verirrungen einkalkulierend. Doch ihre Fahrt verlief problemlos. So konnte sie schon über eine Stunde vor der Zeit an dem Haus parken, wo man sie später erwarten würde.

Sie war in eine grundsolide Gegend geraten, keine Luxusbungalows oder Residenzen, sondern einfache Einfamilienhäuser, von den Besitzern hart zusammengearbeitet und erspart. »Schuldenfrei«, schien jedes zu bekennen.

Der erste Sonnentag des Frühlings meldete sich schüchtern an und strich sanft über die kahlen Stämme und Äste. Aus einigen Knospen trauten sich schon die ersten grünen Spitzen heraus. Wo es der Sonne gelang, sich durch die Wolken zu drängen, lag schon ein warmer Hauch über den geduckten Häusern und Vorgärten.

Schwester Helene suchte nach einer Sitzmöglichkeit in

der Sonne und fand sie auf der Bank am Rande eines Sportplatzes. Am anderen Ende der Bank stand eine Sporttasche mit Schuhen daneben, doch es gab noch viel Platz, also setzte sich Schwester Helene ans freie Ende.

Erst dann entdeckte sie, daß ein dunkelhäutiger Mann im Jogginganzug Runden um die Aschenbahn des Fußballplatzes lief. Immer, wenn er sie dicht passierte, sah sie, daß er ein trauriges und etwas verkniffenes Gesicht machte und mißtrauisch zu ihr und seinen Sachen herübersah.

»Er wird Heimweh haben«, dachte Schwester Helene. »So weit weg von zu Hause, in einem fremden Land.« Sie überlegte, wie sie ihm eine Freude machen und ihn aufheitern könnte. Dabei dachte sie natürlich an ihr Schriftenmaterial, das sie immer bei sich trug, aber sie wußte ja nicht, ob er überhaupt Deutsch lesen konnte.

Wieder einmal lief er an ihr vorbei und sie sah, wie er nachdachte und sie gar nicht mehr bemerkte. Seine Tasche hatte er auch vergessen. Da fiel ihr eine Geschichte aus der Bibel ein, in der auch ein dunkelhäutiger Mann vorkam. Früher hatte sie Luther mit »Der Kämmerer aus dem Mohrenland« überschrieben, heute nannte man sie »Der Finanzminister aus Äthiopien«. So wie der junge Mann aussah, so stellte sich Schwester Helene einen Äthiopier vor. Er war nicht ganz so dunkel wie die normalen Afrikaner, seine Gesichtszüge glichen eher Arabern oder Asiaten. Schwester Helene kannte sich mit den verschiedenen Rassen der weiten Welt nicht aus, weil sie auch die äußerlichen Unterschiede gar nicht interessierten. Und weil ihr die Geschichte mit dem Kämmerer einfiel, kramte sie ihre Bibel aus der Handtasche und schlug die Apostelgeschichte und dort diese Erzählung auf.

Sie kannte diese Geschichte sehr gut, aber sie las sie noch einmal sorgfältig durch, vielleicht konnte sie damit den jungen Mann besser verstehen und ihm auch helfen.

In der Geschichte ging es um einen Minister der Königin von Äthiopien. Dieser »Kämmerer« war jüdischen Glaubens und wollte sich in Jerusalem in seinen Glauben vertiefen. Er mußte sehr reich gewesen sein, wie alle Finanzminister und Herren, und so konnte er sich in Israel sogar eine Schriftrolle kaufen, die er auf dem Weg nach Hause las. Er las laut, weil damals alle so lasen. Erst viel später müssen die Menschen angefangen haben, nur mit den Augen und dem Verstand und nicht mit den Lippen zu lesen. Augustin berichtet, daß er ganz erstaunt gewesen sei, als er einmal seinen Lehrer Ambrosius dabei traf, wie der ohne laute Worte las.

Philippus, der dann hinzukommt, ist eigentlich von dieser Straße des Kämmerers weit entfernt. Doch Schwester Helene liest, daß er vom Geiste dorthin entrückt wurde und auf einmal den Wagen mit dem laut lesenden Kämmerer anrollen sah.

Als er hörte, daß der Kämmerer einen sehr schwierigen Text des Propheten Jesaja las, fragte er ihn: »Verstehst du überhaupt, was du da liest?«

Der Kämmerer antwortete etwas verärgert: »Wie kann ich so etwas verstehen, wenn es mir keiner erklärt?«

Philippus schwang sich zu ihm auf den Wagen und ließ es sich noch einmal vom Kämmerer vorlesen, Jesaja 53,7 und 8: »Wie ein Schaf, das zur Schlachtbank geführt wird, und wie ein Lamm, das vor seinem Schlächter verstummt, so tut er seinen Mund nicht auf. In seiner Erniedrigung wurde sein Urteil aufgehoben. Wer kann seine Nachkommen zählen? Denn sein Leben wird von der Erde weggenommen.«

Kopfschüttelnd fragte der Kämmerer den Philippus: »Wie kann ich das verstehen? Sag mir bitte, von wem redet der Prophet hier?«

Philippus erklärte ihm, daß der Prophet hier von dem Messias sprach, den die Juden erwarteten und der auf die Erde gekommen war und Jesus Christus hieß. Er erzählte ihm das Leben des Messias, und wie er für alle Menschen gelitten habe, gestorben und wieder auferstanden sei, auch für ihn persönlich, den Kämmerer aus Äthiopien.

Philippus sah, wie stark der Mann aus Afrika von dieser Geschichte berührt wurde. Er fragte ihn, ob er nun wisse, wer denn der Heiland und Erlöser dieser Welt und seines eigenen Lebens sei. Darauf antwortete der Mann aus Afrika: »Ich glaube, daß Jesus Christus der Erlöser ist und der Sohn Gottes.«

Und weil sie gerade an einem Bach vorbeikamen, sagte der Kämmerer zum Philippus: »Hier ist Wasser; nichts hindert mich mehr daran, daß du mich taufst.«

Und so taufte Philippus den Finanzminister der Königin aus Äthiopien und seinen ersten Bruder aus Afrika.

Schwester Helene sah, daß der Läufer aus dem »Mohrenland« auch auf dem Weg war, allerdings mit einem angestrengten und traurigen Gesicht. Und sie war hierher geführt worden, fand sie. Für Schwester Helene gab es weder Zufälle noch zufällige Begegnungen, sie glaubte daran, daß der Herr einen Plan für sie habe und sie führte. Also war ihr klar, daß er sie auch beide zusammen und in den Text geführt hatte.

Als der Läufer wieder einmal in ihre Nähe kam, stand sie auf, ging bis zur Brüstung vor und rief ihm zu: »Guten Abend, wie geht es Ihnen?«

Erstaunt blieb er japsend stehen und antwortete: »Gut, danke schön.«

»Sie sind ja ganz außer Atem«, stellte Schwester Helene fest. »Wollen Sie sich nicht hier etwas ausruhen?«

Der junge Mann sah die fremde Frau überrascht und auch etwas mißtrauisch an. Was wollte die von ihm? Er hatte hier im fremden Land und natürlich auch zu Hause Erfahrungen gesammelt, die ihn zur Zurückhaltung gegenüber aufdringlichen Menschen mahnten. Doch diese ältere Frau sah nicht so aus, als ob sie etwas Böses von ihm wollte.

Er war außer Atem und müde, sie hatte recht, und traurig war er auch. Eigentlich wollte er noch eine Runde drehen, doch weil ihn schon lange nicht mehr jemand so freundlich angesprochen hatte, ließ er sich gerne zum Sitzen einladen, auch weil dort schon seine Sporttasche stand. Schwitzend nahm er Platz. Schwester Helene fragte ihn: »Ist es nicht besser, wenn Sie Ihre Trainingsjacke überziehen? Sonst erkälten Sie sich noch.«

Er sah sie erstaunt an; soviel Fürsorge und Freundlichkeit war ihm bisher in diesem Land noch nicht begegnet.

Als ob Schwester Helene seine Gedanken geahnt hätte, fuhr sie fort: »Sie müssen sich in unserem Land sehr fremd und einsam fühlen?«

»Es geht«, antwortete der junge Mann. »Bei uns sind die Menschen auch nicht besser oder schlechter. Überall in der Fremde ist das Leben nicht besondes leicht für Außenstehende.« Er zog sich schnell seine wärmere Jacke über. Die Fürsorge dieser Frau tat ihm gut. Er hatte gerade eine Enttäuschung mit einer jüngeren Deutschen hinter sich, aber sicher war es auch seine Schuld gewesen.

Er kam gar nicht zum weiteren Nachdenken, als Schwester Helene ihm erklärte, warum sie hier sei und daß er sie inspiriert habe, die Geschichte des Finanzministers aus dem Morgenland zu lesen. Ob er wüßte, was in der Geschichte stünde und daß sie aus der Heiligen Schrift sei? »Kennen Sie die Heilige Schrift?«

»Aber ja«, rief er erfreut. »Wir haben sie zu Hause jeden Tag gelesen und sonntags in der Kirche natürlich auch.«

»Das ist aber schön«, freute sich Schwester Helene. »Dann sind Sie bestimmt auch ein Christ?«

»Ja«, bekannte er fröhlich.

Schwester Helene strahlte übers ganze Gesicht und vertraute ihm an: »Dabei habe ich schon gedacht, ich müßte Ihnen helfen, die Bibel zu verstehen, wie damals der Philippus dem Kämmerer aus dem Mohrenland. Das ist aber schön, daß ich hier einen Bruder im Glauben getroffen habe.«

Dem jungen Mann war es peinlich, er hob abwehrend und sich entschuldigend seine Hand: »Leider muß ich bekennen, daß es mit meinem Glauben nicht mehr so weit her ist. Ich habe den Eindruck, der kommt mir hier immer mehr abhanden, ich spüre in mir, wie ich mich immer mehr von Gott und den Menschen zurückziehe. Er ist nicht mehr mein Vater und sie nicht meine Schwestern und Brüder, sondern meine Konkurrenten und Feinde.

In diesem Land und bei diesem Studium zählt der Glaube doch nicht mehr. Hier muß man sich selbst verwirklichen, viel Geld verdienen, um sich dann damit amüsieren zu können. Hier komme ich nur noch zum Studieren, und zu sonst nichts.«

»Das tut mir leid«, empfand Schwester Helene Mitleid mit ihm. Sie fragte ihn, ob er aus Äthiopien käme.

»Nein, nein«, lachte er. »Aus Madagaskar.« Ihm war hier im fremden Land noch nie ein Mensch begegnet, der so interessiert an seiner Heimat und an den Menschen war wie Schwester Helene. Und noch mehr freute er sich, als sie sich nach seiner Familie erkundigte. Er fand, daß sie so war wie seine Mutter, die er sehr liebte.

Obwohl er es gar nicht wollte, erzählte er dann doch Schwester Helene die Geschichte mit seiner Freundin, die ihn gerade verlassen hatte. Er mußte diese Sache loswerden, er hatte sich bisher nicht getraut, mit einem anderen Menschen darüber zu reden, doch Schwester Helene vertraute er.

Zum Schluß sagte er ihr auch, was ihn am meisten schmerzte: »Ich hatte sie doch wirklich lieb. Es war doch nicht nur eine Sache fürs Bett. Doch als sie ging, schleuderte sie mir ins Gesicht: ›Du bist auch nicht anders als die Männer hier, du bist genauso langweilig!‹ Das hat mir sehr weh getan.«

Schwester Helene verstand ihn. Nachdem sie beide eine Zeit geschwiegen hatten, meinte sie: »Sie brauchen eine Gemeinschaft von Menschen hier. Keiner kann alleine leben, besonders nicht in einem fremden Land. Sie brauchen eine Gemeinschaft, in der Sie sich wohlfühlen und in der Sie die Bibel lesen können, genauso wie zu Hause.«

Der junge Madagasse nickte, eher aus dem Gefühl als aus Überzeugung, eben weil die fremde Frau es gut mit ihm meinte.

Und dann schlug sie ihm auch schon etwas vor: »Passen Sie auf, ich bin zu einem Hauskreis eingeladen worden, dem ich über meine Arbeit berichten soll. Ich nehme Sie einfach mit. Dann lernen Sie kennen, was ich tue, und Sie können ja mal sehen, ob Sie sich unter diesen Menschen wohlfühlen würden.

Ich kenne sie nicht, ich bin noch nie dort gewesen. Sie wissen auch nicht, daß ich Sie mitbringe. Wir können ja an ihren Reaktionen feststellen, ob sie versuchen, einen Fremden so aufzunehmen, wie der Herr Jesus es uns vorgemacht und befohlen hat.«

Der junge Mann fühlte sich überrumpelt. Eigentlich wollte er sich heute abend noch auf eine Prüfung vorbereiten, doch er wollte die freundliche Frau, die ihn so an seine Mutter erinnerte, nicht enttäuschen und kam mit.

Nach etlichen schlechten Erfahrungen, nicht nur mit der Freundin, hatte er sich vorgenommen, mit den Deutschen nur den notwendigsten Umgang zu pflegen und nicht mehr. Da fiel ihm eine Entschuldigung ein: »Ich kann doch nicht im Jogginganzug bei wildfremden Leuten erscheinen!«

»Doch, doch«, beruhigte ihn Schwester Helene. »Die Frau, die mich durchs Telefon eingeladen hat, machte einen so freundlichen Eindruck. Die stört es ganz bestimmt nicht. Und falls man Sie nicht freundlich aufnimmt, gehe ich eben auch weg.«

Was sollte der junge Mann dagegen tun? Er folgte Schwester Helene zu dem fremden Haus und den unbekannten Menschen.

Die Dame des Hauses öffnete, als Schwester Helene geläutet hatte. Mit Schwester Helene hatte sie natürlich gerechnet, aber nicht mit dem fremden, dunkelhäutigen Mann im Jogginganzug. Sie versuchte, ihr freundliches Gesicht zu erhalten, nahm auch an, daß er zufällig mit der Schwester Helene erschienen sei.

Doch sie brauchte gar nicht zu reagieren, Schwester Helene klärte sie auf: »Das ist ein junger Bruder aus Madagaskar, wie der Kämmerer aus dem Mohrenland, den habe ich einfach mal mitgebracht.« So blieb es dann auch, als die anderen Gäste kamen; außer Schwester Helene gab es da noch einen Bruder aus Madagaskar, wer immer das war.

Durch ihre Berichte fesselte Schwester Helene alle Zuhörer, und auch bei den anschließenden Fragen machte jeder mit. Der junge Gast unterhielt sich angeregt mit seinen

Nachbarn. Schwester Helene sah es und freute sich.
Noch heute gehört der Student aus Madagaskar zu diesem Hauskreis. Er hat hier eine neue Heimat gefunden.

Leo der Tankstellenknacker

Schwester Helene kannte ihn vom Jugendhof. Er war dort hineingeraten, weil seine Mutter nicht fähig war, für ihn zu sorgen. Außerdem hatte sie ihren Sohn angehalten, sich in Geschäften das zu besorgen, was er gerne haben wollte, ohne Bezahlung natürlich. Doch im Jugendhof wandelte sich Leo zu einem ordentlichen Jungen, den die Erzieher anderen als Vorbild hinstellten.

Leo besuchte regelmäßig Schwester Helenes Andachten und Kaffeestunden. Einige nannten ihn einen frommen Jecken, doch nur, wenn er es nicht hörte, denn Leo war wegen seiner Körperkräfte gefürchtet. Allerdings griff er nie jemanden an, er wehrte sich nur, wenn ihm einer zu nahe trat. Doch dem war die Abreibung dann noch lange anzusehen.

Alle Erzieher und auch Schwester Helene waren sicher, daß Leo nach seiner Entlassung aus dem Jugendhof ein mustergültiges Leben führen würde.

Es fing auch gut an. Schwester Helenes Hilfe lehnte Leo dankend ab; er wollte sein neues Leben aus eigener Kraft beginnen.

Er fand eine Unterkunft bei Verwandten und auch eine Arbeit, die ihm zwar nicht viel Geld einbrachte, ihn aber befriedigte.

Danach hörte Schwester Helene nichts mehr von ihm. Sie hoffte, daß nun alles seinen geregelten Gang mit ihm gehen würde. Zuerst dachte sie noch oft an ihn, aber mit der Zeit ließ das nach.

Einige Monate nach seiner Entlassung aus dem Jugendhof bekam sie folgenden Brief:

»Liebe Schwester Helene!

Ich habe eine schlimme Nachricht für Dich, und es tut

mir so leid, daß ich Dich und all die anderen so enttäuscht habe. Vor einiger Zeit habe ich ein Mädchen kennengelernt und mich sofort in sie verliebt. Sie war keine Christin. Ich habe sie gefragt, als ich sie näher kennenlernte, doch sie hat mich ausgelacht und gesagt, sie würde noch nicht mal an Gott oder so was glauben. Aber weil ich so verliebt in sie war, habe ich nichts gesagt und auch nichts davon, daß ich mein Leben in Gottes Hand gegeben habe.

Ich habe mich von Gott abgewendet, um sie nicht zu verlieren. Ich habe mich von ihr leiten lassen. Jetzt hat mich Gott dafür bestraft, denn nun sitze ich in U-Haft. Noch schlimmer ist, daß ich nicht mehr beten kann. Ich kann Gott noch nicht einmal um Vergebung bitten. Ich schäme mich so, weil ich wußte, daß es Sünde war, was ich tun wollte und dann auch tat. Immer habe ich es gewußt.

Ich wollte mit dem Anstaltsseelsorger so richtig sprechen, doch der hatte keine Zeit und hörte erst gar nicht hin. Der hält auch nicht viel vom Beten und meinte, ich sollte lieber zum Psychologen gehen.

Schwester Helene, ich schäme mich so, weil ich Dich so enttäuscht habe. Aber ich bitte um Deine Hilfe, bitte, bitte laß mich nicht allein. Ich weiß nicht, an wen ich mich sonst wenden sollte. Du hast ja immer gesagt, daß man zum Heiland immer gehen kann, auch mit blutigen Händen. Die habe ich nicht, aber es ist schon schlimm, was ich getan habe. Ich traue mich nicht, zum Heiland zu gehen, aber ich hoffe, daß Du mich einmal besuchst und mir hilfst, ihn wieder zu finden. Ich weiß, Du hast immer das Beste für uns Jungen gewollt.

Du hast mich zu Gott gebracht, aber ich bin ihm wieder weggelaufen. Bitte, bitte nimm mich wieder an und bring mich zu Ihm. Auf Deine Gebete hört er sicher mehr als auf meine. Ich kann auch im Moment gar nicht beten.

Ich habe den Mut zum Leben verloren. Es ist so sinnlos geworden. Ich habe kein Ziel mehr, und mit diesem Mädchen kann ich auch keins erreichen, außer daß ich wieder ins Gefängnis komme. Nie werde ich mit ihr in den Himmel kommen, aber ganz bestimmt in die Hölle.

Ich möchte mich von ihr trennen. Ich will alles wiedergutmachen. Bitte, Schwester Helene, hilf mir dabei.

Am 30. April um neun Uhr werde ich vor dem Richter stehen. Wenn Du kannst, komm doch bitte zur Verhandlung, das würde mir sehr viel Kraft geben. Und mir auch zeigen, daß Du mich nicht verstoßen hast, obwohl ich Dich doch so schlimm enttäuscht habe. Ich bin total am Verzweifeln, habe keine Kraft mehr zu leben.

Mit vielen, vielen, aber traurigen Grüßen,

Dein verlorener Sohn Leo.«

Dieser Brief ging Schwester Helene sehr nahe. Sie nahm sofort Verbindung mit den zuständigen Stellen auf und erfuhr, was Leo angerichtet hatte.

Nach seiner Entlassung aus dem Jugendhof hatte er eine Wohnung und auch Arbeit gefunden. Er begann ein ganz normales, unauffälliges Leben zu führen. Kaum einer wußte, daß er seine Jugend in einer »Erziehungsanstalt« verbracht hatte. Doch dann traf er ein Mädchen, dem er sofort verfiel. Für ihn war sie das herrlichste Geschöpf dieser Welt, und er tat alles, um ihr zu gefallen.

Er wußte, daß sie sich mit jungen und auch älteren Männern einließ und dafür Geld nahm. Sie brauchte sehr viel Geld, für ihre Kleidung und ihren aufwendigen Lebensstil.

Zunächst nahm sie Leo so an, wie sie mit allen anderen Männern verfuhr, doch als sie feststellte, daß er kaum Geld besaß, wollte sie ihn wieder fallenlassen.

Doch er bat und bestürmte sie und gestand ihr: »Ich liebe dich doch.« Sie lachte ihn aus; von so was hielt sie nicht viel. Er bat sie, ihr Leben mit den anderen Männern aufzugeben. Sie verhöhnte ihn. Dann spielte sie mit ihm. Manchmal mochte sie diesen unschuldigen, gutaussehenden und naiven Jungen. Sie konnte sich mit ihm sehen lassen. Aber sie war sehr wählerisch, wenn sie sich mal herabließ, mit ihm auszugehen. Sie suchte nur die teuersten Discos auf und trank nur echten Champagner. Sie drehte sich nicht ihre Zigaretten, sondern ließ sich nur teure Amerikanische kaufen. Leo gab an einem Abend mit ihr einen Wochenlohn aus, und noch mehr.

Er versuchte mit ihr ein anderes Leben zu beginnen. Er wollte sich mit ihr unterhalten, mit ihr am Rhein entlang spazierengehen, doch sie hatte ganz andere Träume.

»Wenn du mich haben willst«, forderte sie ihn mehrere Male heraus, »dann muß du mir einen Pelzmantel kaufen und einen Sportwagen, mit dem wir dann nach Italien fahren. Sonst ist da nichts zu machen.«

Leo wußte, daß sein Geld noch nicht einmal in einigen Jahren dafür reichen würde.

Sie deutete ihm an: »Warum holst du es denn nicht dort, wo zuviel ist? Die von den Tankstellen, die verdienen immer zuviel. Warum machst du nicht einen Bruch, und wir haben für ein paar Jahre genug Geld und können uns das alles leisten? Mit deinen jetzigen Pfennigen kommst du nirgendwo hin, und mich kriegst du auch nicht. Meinst du, ich will auf so einer Bude hausen wie meine Eltern und nie genug Geld haben?«

Leo versuchte sich gegen ihre Träume und Wünsche zu wehren. Er wollte nicht mehr das Leben von früher beginnen, er wußte, wohin es ihn bringen würde. Doch er kam von dem Mädchen nicht los. Er war ihr verfallen und konnte es nicht mehr mit ansehen, wie sie seine Liebe mit anderen Männern betrog, nur weil die mehr Geld hatten als er.

Schließlich überwand er alle seine Skrupel und beobachtete eine gut florierende Tankstelle an einer Ausfallstraße. Es war für ihn nicht schwer, sich eine Pistole zu besorgen. Er wunderte sich, wie leicht er wieder Verbindungen fand, die ihm bei seinen üblen Taten halfen.

Sein erster Überfall gelang, nur war die Ausbeute nicht so hoch, wie das Mädchen und er es sich vorgestellt hatten. Dafür konnte er ihr zwar einen Pelzmantel kaufen und auch »einen draufmachen«, doch dann herrschte schon wieder Ebbe bei ihm.

Weil es beim ersten Mal so gut geklappt hatte, versuchte er es noch einmal. Er merkte, wie er dem Mädchen imponierte, er kam gegen die anderen Kerle mit seinem Geld an.

Beim zweiten Überfall konnte ein Tankwart die Polizei alarmieren. Leo ließ sich ohne Gegenwehr festnehmen.

Nun saß er in Untersuchungshaft. Schwester Helene suchte die mit dem Fall befaßte Staatsanwältin auf, zeigte ihr den Brief und erzählte von Leo. Beide Frauen verstanden sich sofort. Sie wollten dem Jungen helfen, aber er mußte sich auch für die beiden Überfälle verantworten.

Dann kam es zur Verhandlung. Schwester Helene saß im Gerichtssaal. Als Leo sie entdeckte, freute er sich, aber er schämte sich auch. Ganz elend fühlte er sich.

Zu den Straftaten war nichts zu sagen, Leo bekannte sich dazu, sagte aber auch, daß es ihm sehr leid täte.

Schwester Helene durfte zu seiner Person aussagen. Sie erzählte alles, was sie mit ihm erlebt hatte, und war überzeugt, daß Leo sich jetzt ändern und bessern würde.

Die Staatsanwältin stellte einen milden Strafantrag: drei Jahre. Das Gericht schloß sich dem an.

Als Leo abgeführt wurde, ging Schwester Helene noch einmal auf ihn zu. Sie umarmten sich, Tränen flossen.

Später schrieb Schwester Helene folgenden Brief:

»Mein lieber Leo,

jeden Tag denke ich an Dich im Gebet und bin so froh, daß ich bei Deiner Verhandlung dabeisein konnte. Du muß nun drei Jahre im Gefängnis bleiben, aber ich denke, daß es eine milde Strafe ist, die Dir auch gut tun wird. Ich möchte Dir helfen, daß Du dort im Gefängnis zur Besinnung kommst und den Weg zu Gott und zu den Menschen als Deinen Schwestern und Brüdern wieder zurückfindest.

Die Staatsanwältin sagte mir, daß Du drei Besuche im Monat empfangen darfst. Sicher solltest Du Deinen Angehörigen den Vorrang geben, doch wenn Du mich brauchst, komme ich natürlich jederzeit.

Gott hat unsere Gebete gehört. Das Gericht ist mit dem Urteil sehr gnädig gewesen.

Ich lege dem Brief DM 20,– bei für Seife, Zahnpasta und was Du sonst noch brauchst. Im Brief liegt auch Porto für die nächsten fünf Briefe, womit Du den Kontakt mit

draußen aufrechterhalten solltest, das ist sehr wichtig.
Jeden Tag denke ich im Gebet an Dich, mein lieber Leo. Ich umarme Dich, mein lieber Leo,
Deine Schwester Helene.«

Vom Dieb zum Küster

Jürgen mußte sich schon als Kind das besorgen, was er zum Leben brauchte. Seinen Vater kannte er nicht, und seine Mutter hatte keine Zeit für ihre Kinder; sie interessierte sich mehr für die Männer, die sie regelmäßig besuchten.

Er bezog kräftig Prügel, wenn er beim Diebstahl erwischt wurde, aber das lehrte ihn auch, eine bessere Technik zu entwickeln. Stehlen ging ihm in Fleisch und Blut über, genauso wie wir zum Einkaufen erzogen werden.

Er war ein sehr geschickter Dieb und nahm alles mit. Auch während seiner Schulzeit versorgte er sich von seinen Nachbarn. Die Lehrerin empörte sich so über ihn, daß sie ihn als einziges Kind nicht mit dem Vor-, sondern nur mit dem Nachnamen anredete. Jürgen gelang es so eben noch, die Hauptschule abzuschließen.

Schon früh wurde er zu Hause wie ein Erwachsener behandelt. Die Mutter nahm keine Rücksicht auf ihn, wenn sie sich fremden Männern hingab. Ihr war es ganz recht, daß Jürgen sich betrank, so brauchte sie sich um ihn nicht zu kümmern. Und wenn er frech wurde, schlugen ihn die »Kostgänger« ruhig.

Schon als Kind ließ ihn die Mutter an ihrer Zigarette ziehen. Sie war stolz darauf, wenn sie zeigen konnte, wie er sich schon auf Lungenzüge verstand und wie er betrunken durch die Wohnung torkelte. Sie hielt ihn für einen sparsamen Jungen, weil er die Kippen in den Aschenbechern aufrauchte und die Reste aus den Gläsern trank.

Von seiner Mutter lernte Jürgen auch, daß er nicht für eine geregelte Arbeit geschaffen sei. Sie lebte nur von der Sozialhilfe, und er gab jede Arbeit sofort auf, wenn sie ihm zuviel wurde. Er fand auch bald heraus, daß durch Diebstähle viel mehr zu verdienen war, und leichter. Er spezialisierte sich auf Ladendiebstähle und alte Frauen. Die alten Frauen waren beglückt, wenn ein Junge ihnen anbot, die schweren Einkaufstaschen zu tragen. Jürgen bekam ein Trinkgeld dafür und wurde sogar in die Wohnung eingelassen. Manchmal ließ er sofort aus der Tasche etwas mitgehen, oder er gewann das Vertrauen einer alten Frau und kam dann später wieder, um gründlicher die Wohnung zu durchsuchen.

Bei Ladendiebstählen hatte er sich einen besonderen Trick ausgedacht. Mittlerweile kannte er sich mit den Typen aus, die zum Stehlen die Läden heimsuchten. Das mußten nicht immer Eckensteher sein; es gab auch elegante Damen darunter, denen keiner ihr »Hobby« ansah, sich mit kleinen Diebstählen einen Nervenkitzel zu bereiten.

Wenn Jürgen diese potentiellen Diebe entdeckte, hielt er sich für seinen »Coup« bereit. Natürlich kannten auch die Ladendetektive diese diversen Typen von Dieben und verfolgten sie dezent. Wenn einer oder eine erwischt wurde und ein leichtes Chaos im Kaufhaus entstand, griff Jürgen zu. Unbeachtet konnte er dann mit seiner Beute losziehen.

Aber trotz aller Planung erwischte man ihn. Er wurde verwarnt, eingesperrt, wegen guter Führung entlassen, dann aber wieder gefaßt und eingesperrt. Seine Haftzeiten wurden immer länger. Obwohl Fachleute wußten, daß er sich wohl nie mehr bessern und bis zu seinem Lebensende den Knast beehren würde, bekam man doch leicht Mitleid mit ihm. Er war klein gewachsen, kämpfte nie, verteidigte sich nicht; er gab alles zu und bat mit treuen Hundeaugen um Gnade. Jeder, der ihn ansah, hatte Mitleid mit ihm und versuchte ihm zu helfen. Oder die Leute versuchten ihn schamlos auszunützen. Das waren die beiden Pole seines Lebens, zwischen denen er hin- und hergezogen wurde.

Einmal schlug man ihn ganz furchtbar zusammen, als er an einer Theke versuchte, die Betrunkenen zu erleichtern und dabei erwischt wurde. Seitdem verkehrte er dort nicht mehr. Aber sonst machte er einen ehrlichen und etwas unbedarften Eindruck, leicht beeinflußbar und von anderen abhängig. Keiner nahm ihn ernst, er stand immer in der Ecke. Und wenn Gefahr drohte, zog er sich in seinen kleinen unscheinbaren Körperbau zurück.

So benahm er sich auch, als Schwester Helene ihn im Gefängnis besuchte. Er kannte sich mit solchen Besuchen aus und begann bereits ihre Handtasche zu mustern. Aber sonst faltete er seine Hände und tat so, als ob er gleich beten wollte. Er nickte immer eifrig mit dem Kopf, als Schwester Helene ihm eine Andacht hielt.

Wenn sie ihn etwas fragte, antwortete er immer so, wie er meinte, daß es ihr gefallen würde. Natürlich nahm er alles mit, was Schwester Helene ihm anbot: Bibel, Kalender, Traktat, aber alles doppelt.

»Warum denn doppelt?« fragte Schwester Helene ihn erstaunt.

»Wenn die mir eins klauen«, erklärte Jürgen verschmitzt, »dann habe ich noch immer eins.«

Schwester Helene besuchte ihn wieder. Hier war eine Zelle, in der sie sich von den schwierigen Stunden mit anderen Gefangenen ausruhen und entspannen konnte.

Die Besuche von Schwester Helene bei Jürgen bewogen die Gefängnisleitung doch noch, ihn vorzeitig zu entlassen, weil sie den Andrang neuer Einzusitzender kaum noch bewältigen konnte und weil sie hoffte, daß Schwester Helene Siebert doch etwas ausgerichtet hätte.

Schwester Helene, die seine Vorgeschichte nicht so genau kannte, freute sich sehr darüber, als sie von der frühzeitigen Entlassung hörte.

Doch Jürgen resignierte: »Weißt du, Schwester Helene, bald werde ich doch wieder hier sein. Ich kann es nicht lassen, ich habe nichts anderes gelernt, und keiner wird mir eine andere Arbeit geben.

»Nein, Jürgen«, protestierte Schwester Helene. »Dieses Mal werde ich dir helfen, wie ich kann, und wir werden den Vater im Himmel bitten, daß er dich nicht in Versuchung führt, sondern von dem Bösen erlöst.«

Jürgen war gerührt. Schwester Helene war ein Mensch, dem er alles zutraute, auch seine Besserung.

Schwester Helene überlegte, wo sie Jürgen unterbringen konnte, wenn er entlassen würde. Auch einen Arbeitsplatz brauchte sie. Sie suchte und betete. Und dann wurde ihr etwas geschenkt. Sie wunderte sich nicht mehr über solche Gaben, denn sie glaubte an Wunder und hatte sie oft erlebt.

Ohne daß sie darauf gekommen war, fragte sie ein Bekannter: »Schwester Helene, kennen Sie nicht einen Mann oder eine Frau, die bei uns als Küster anfangen könnten? Wir suchen dringend einen.«

»Ich habe einen!« rief Schwester Helene erfreut und organisierte alles. Sie garantierte für Jürgen.

»Schwester Helene, wie kannst du das tun?« rief er verwundert und auch traurig aus. »Ich werde dich ganz bestimmt wieder enttäuschen.«

»Das wirst du nicht«, blieb Schwester Helene fest. »Das wird der liebe Vater im Himmel verhindern, und als Küster kannst du kaum etwas stehlen.«

Lange Gespräche mußte Schwester Helene mit dem Kirchenvorstand führen, ehe Jürgen endlich angenommen wurde. Doch schließlich verstanden die Männer und Frauen des Vorstandes Schwester Helenes Argumente und ließen sich darauf ein.

Jürgen entwickelte sich zu einem Musterküster. Und immer, wenn ihn eine Versuchung beschlich, rief er Schwester Helene an oder suchte sie auf. Er ließ sich auch taufen, weil es ja schlecht war, einen »Heiden« als Kirchendiener zu haben.

Alle mochten den immer freundlichen Jürgen, dem nichts zuviel war. Er wurde auch oft ausgenutzt, doch das schluckte er, wegen Schwester Helene, der er keine Schwierigkeiten bereiten wollte.

Dann fand Jürgen sogar eine Frau, die er mochte. Zwar hatte sie schon ein Kind, aber das störte ihn nicht. Als Schwester Helene sie nach der Vorstellung auch mochte, heirateten sie, mit Schwester Helene als Trauzeugin. Und als ein Kindchen ankam, stellte sich Schwester Helene mit ihm an den Taufstein.

Alle Jahre wieder

Seit dreißig Jahren verbringt Schwester Helene den Heiligen Abend mit den Menschen, die keine Familie zum Feiern haben. Mit ihren Brüdern von der Landstraße und von den zugigen Einfahrten, mit den Frauen vom Strich und den Jungen und Mädchen, die kein Zuhause mehr haben oder haben mögen.

Das ist für sie kein Opfer oder ein heroischer Einsatz, sondern es macht ihr große Freude. Sie kann sich keinen Heiligabend mehr anders vorstellen.

Sie hat noch Verwandte in Hamburg, die sie oft besucht und von denen sie Besuch bekommt, mit denen sie fast jede Woche telefoniert. Doch am Heiligabend gehört sie in den Wartesaal des Kölner Hauptbahnhofs; darauf freut sie sich schon das ganze Jahr, und fast so lange muß sie auch alles vorbereiten.

So begann es vor dreißig Jahren: Kurz vor Weihnachten wurde das Gefühl in Schwester Helene immer größer, daß sie am Heiligabend die Menschen dort aufsuchen müsse, wohin sie verstoßen worden waren oder sich selbst fallen ließen.

Sie nahm an, daß sie diese Menschen dort treffen würde, wo sie sie auch im Alltag sah. So kaufte sie kräftig ein, um ihnen eine Freude bereiten zu können. Sie bat auch Gemeinde- und Hauskreise, ihr mit warmer Kleidung zu helfen. Bald konnte sie ihren Wagen damit volladen. Hinzu kamen noch Kuchen, belegte Brote und Thermoskannen mit heißem Kaffee und Tee. So dekorierte sie alles, so gut sie konnte, dachte auch an Kerzen und Tannenzweige. Das Keyboard fand ebenfalls noch einen Platz im Auto. Dann fuhr sie los, in die gähnend leere Stadt hinein.

Zunächst zur Bordellstraße, aber dort war alles ausgestorben und die Zimmer leer.

Es regnete und fror. Sehr langsam mußte Schwester Helene fahren, denn sie fand auf der spiegelglatten Straße kaum noch Halt für ihre Reifen.

Sie suchte nach Einsamen und Verlassenen, aber dort,

wo sie sie sonst antraf, war keiner auszumachen. Auch die Kneipen waren alle geschlossen, und in der Innenstadt bat kein Bettler mehr um eine Gabe. Das hätte auch keinen Sinn gehabt; kein Mensch hatte dort noch etwas zu tun.

Auch hinter dem Bahnhof, wo sie sonst immer die abgerissensten Menschen traf, war an jenem Tage keiner zu finden. Da ließ Schwester Helene ihren Wagen stehen und ging durch den langen Tunnel in den Bahnhof hinein.

Und dort sah sie Menschen - die Übriggebliebenen. Einer saß auf den Treppenstufen zum Bahnsteig, war so betrunken, daß er weder durch Schwester Helenes Worte noch durch ein sanftes Berühren geweckt wurde. Sie legte ihm ein Traktat auf die Treppenstufe, einen bunten Pappteller mit Süßigkeiten, eine Kerze und einen Tannenzweig dazu, damit auch er später Weihnachten feiern konnte.

Sonst wurde auf diesem Bahnhof viel von dem gestohlen, was unbeaufsichtig herumlag, doch als Schwester Helene ein paar Stunden später an diesem Mann vorbeikam, schlief er noch immer, und ihre Geschenke lagen neben ihm.

Schwester Helene sah, wie sich die frierenden Menschen in die stinkenden Toiletten drängten, weil es dort etwas wärmer war als draußen. In den Ecken und Nischen des Tunnels hockten sie, tranken, schliefen, warteten wütend, aber auch angstvoll auf die Bahnhofspolizei, die sie wohl aus dem Bahnhof weisen oder einsperren würde.

Doch die Bahnpolizei war an dem Abend großzügig und vertrieb keinen, auch jene nicht, die eigentlich Bahnhofsverbot hatten.

Jeder und jede bekam ein Geschenk von Schwester Helene und freute sich. Es gab nur wenige, die es brummend ablehnten oder kein Traktat haben wollten. Schwester Helenes freundliche Worte und Gaben wurden ihr dankbar abgenommen. Es gab auch Reisende, die ihren Zug verpaßt hatten oder nicht abgeholt worden waren. Schwester Helene bedachte sie genauso, tröstete sie und verkündigte allen Menschen die Botschaft von Weihnachten: Euch ist heute der Heiland geboren.

Die Menschen nahmen ihr das ab, weil sie es so lieb und selbstverständlich bezeugte, ohne Masche und Aufdringlichkeit. Bald drängten sich viele in einer Ecke der großen und zugigen Bahnhofshalle, wo Schwester Helene heißen Kaffee und Tee ausschenkte.

Eine Frau meinte: »Wir könnten es uns hier ja ein bißchen weihnachtlicher machen.« Und kaum hatte sie es ausgesprochen, da fingen schon einige damit an. Einen Weihnachtsbaum gab es ja in der Halle, mit elektrischen Kerzen. Drum herum wurden Schwester Helenes Tannenzweige verteilt, brennende Kerzen aufgestellt und die warmen Sachen, die Schwester Helene mitgebracht hatte, als Gaben unter den Baum gelegt.

Jeder, der wollte, konnte sich bedienen, bis nichts mehr da war.

Schwester Helene stellte ihr Keyboard auf, und bald sangen alle Weihnachtslieder.

Unter ihren Gästen gab es viele Ausländer: Asylanten, Afrikaner, Asiaten. In ihrer Ansprache erinnerte Schwester Helene daran: »So ist es auch in Bethlehem gewesen, als zu den einfachen Hirten die Könige und Weisen aus dem fremden Land hinzukamen.«

Alle hörten aufmerksam zu; sie verstanden die Weihnachtsbotschaft des Friedens und der Liebe, weil sie hier nicht demonstriert, sondern gelebt wurde.

Mitten in das Weihnachtssingen erschien ein Team vom Fernsehen, das in der Heiligen Nacht nach Stimmungsbildern und Menschen suchte, die etwas Besonderes taten. Die Sendung wurde schon bald ausgestrahlt, und auch der Hörfunk ließ sich sehen. Beide baten, im nächsten Jahr wiederkommen zu dürfen.

Beim Singen der Weihnachtslieder schlossen sich nur wenige aus. Fast alle sangen mit, oft mit Tränen in den Augen. Einige begleiteten auch den Gesang. Zwei taten es mit ihrer Mundharmonika und legten in den Pausen einen Zungenschlag ein. Einer kramte seinen Kamm aus der Tasche, packte ihn halb in Papier und blies einen Wimmerton zur Begleitung.

Neben Schwester Helene hockte ein Obdachloser, der furchtbar fror und zitterte. Ein gepflegter Herr sah ihn eine Weile an. Dann zog er plötzlich seinen gefütterten Wintermantel aus, gab ihn dem Frierenden, erklärte kurz: »Ich habe nur wenige Schritte bis nach Haus«, und verschwand, ehe sich der Beschenkte und Schwester Helene bei ihm bedanken konnten.

Ein anderer Mann nahm zwei Obdachlose mit nach Hause: »Dann bin ich nicht so allein, und zu essen habe ich auch genug.«

Bis in den Morgen hinein sangen sie. Einer der Bahnpolizisten bat Schwester Helene: »Bitte kommen Sie im nächsten Jahr wieder.«

Was Schwester Helene ihm versprach.

Schwester Helene im Fernsehen

Eine junge Journalistin, die ohne festen Vertrag für eine Fernsehanstalt tätig war, hatte von Schwester Helene erfahren und suchte sie auf. Sie wollte einen Film über sie und ihre Arbeit drehen. Dabei hatte die junge Frau zunächst nur an einen kurzen Streifen gedacht, aber als sie Schwester Helene bei ihrem Dienst beobachtete, war sie so beeindruckt, daß sie einen längeren Film machen wollte.

»Auf Ihr eigenes Risiko«, wurde ihr Vorhaben von der Redaktion kommentiert, doch das wollte die Journalistin eingehen, auch wenn sie das in tiefe Schulden stürzen würde.

Schwester Helene war nicht überzeugt, daß etwas daraus werden würde. Auch die Frauen waren mißtrauisch, als Schwester Helene sie um Mitarbeit bat, und der Eros-Direktor war generell dagegen.

Schwester Helene stellte die Journalistin den Frauen vor.

Als die sahen, wie zurückhaltend die Reporterin Schwester Helene begleitete, gaben sie bereitwillig Auskunft und verhielten sich so wie immer.

Die Journalistin erschien dann mit ihrem Team, und alles lief ohne Probleme ab. Schwester Helene und die Frauen vergaßen, daß ihnen jemand zuhörte und daß gefilmt wurde; so professionell gingen die Fernsehleute vor.

Als der sehr kritische Redakteur den Film sah, war er tief betroffen, aber auch begeistert: »Das ist ja eine journalistische Meisterleistung.« Der Film wurde ins Abendprogramm des Senders aufgenommen und in der besten Sendezeit, direkt nach den Abendnachrichten, ausgestrahlt.

Das Publikum reagierte noch stärker, als der Sender erwartet hatte. Nicht nur positive Anrufe und Briefe kamen, sondern auch kräftige Geldsummen für die Arbeit von Schwester Helene.

Sie erhielt eine Kopie der Sendung und konnte sie nun bei ihren Vorträgen zeigen.

Auch die Journalistin wurde durch den Film überglücklich. Auf Grund dieser Arbeit bekam sie eine feste Stelle beim Sender. Sie kaufte sich eine Wohnung und lud kurz vor Weihnachten alle ihre Freunde zu den beiden großen Ereignissen ein. Schwester Helene sollte der Ehrengast sein.

Normalerweise ging es bei diesen Feten immer laut und lustig zu. Alkohol floß reichlich. Es traten auch schon mal junge Damen im Bikini auf und gaben diese neueste Version von Festtagsfreude an ihre Kollegen weiter.

Jeder rechnete daher mit einem Clou, und so sah man diesmal auch die ältere Dame als Gag an, die plötzlich in Schwesterntracht mitten unter ihnen auftrat. Als sie auch noch alle freundlich begrüßte und Abreißkalender für das nächste Jahr verteilte, schien die Überraschung vollkommen gelungen zu sein.

Doch die Journalistin geleitete Schwester Helene auf den Ehrenplatz, bat um Ruhe und erklärte: »Das ist Schwester Helene. Sie ist nicht verkleidet. Ihr verdanke ich nicht nur meine Stelle, sondern viel mehr. Ich möchte gern, daß sich jeder von euch einmal mit ihr unterhält. Das wird ganz bestimmt zu eurem Gewinn sein und euch Weihnachten ganz neu nahebringen.«

Alle sahen verwundert die hübsche, moderne Frau an. Damit hatte keiner gerechnet.

Doch Journalisten und Presseleute sind neugierig, und schon bald war Schwester Helene von ihnen umringt, und jeder und jede wollte sich mit ihr unterhalten.

Sie erzählte ihnen aber nicht nur von ihren Frauen, sondern sprach auch über den Sinn des Weihnachtsfestes und der Krippe. Das tat sie so natürlich und freundlich, daß alle davon angetan waren.

Ein Kameramann erklärte: »Wir werden ja in unserem Beruf ziemlich abgebrüht, uns kippt so leicht nichts mehr vom Hocker. Doch diese Schwester Helene hat mich wieder zu einem Kind vor der Krippe gemacht. Wie ein kleiner Junge stand ich davor und freute mich. Ich weiß auch nicht, die Tränen kullerten mir herunter. Aus Selbstmitleid? Die geschiedene Frau wird mit unserem Sohn nicht fertig, ich drücke mich davor. Meine Freundin hat einen anderen gefunden, in meinem Beruf geht es auch nicht so voran, wie ich es mir erhoffte, aber auf einmal war es doch Weihnachten für mich geworden.«

Später wollten alle singen. Schwester Helene stimmte alte und neue Weihnachtslieder an, und die andern fielen ein.

Ein Mann kannte Schwester Helene bereits. »Ich habe schon öfters Aufnahmen bei Ihrer Weihnachtsfeier im Hauptbahnhof gemacht. Wenn ihr mit eurem Weihnachten nichts anfangen könnt, müßt ihr dahin gehen«, schlug er der Runde vor. »Dort hat das Fest noch einen Sinn.«

Durch den Film wurden auch andere Fernseh- und Rundfunkanstalten auf Schwester Helene aufmerksam. Eine private Fernsehanstalt drehte noch einen Film mit ihr.

Der Hörfunk interviewte sie und begleitete sie durch die Kneipen und zu den Frauen. Dabei sagten alle nur Gutes über Schwester Helene und waren dankbar für ihre Besuche. Aber in einer Kneipe meinte ein Mann lächelnd: »Aber einen Fehler hat die Schwester Helene.« – Alle sahen erschrocken und empört auf. Da rief er: »Sie trinkt nicht!« – Alle lachten, auch Schwester Helene.

Hinterher schrieb ihr die Redakteurin: »Ich finde, daß Sie eine ganz außerordentliche, mutmachende Persönlichkeit sind. Ich sehe das Leben jetzt ganz anders als vorher ... Es gibt zu viele Menschen, die andere verurteilen und mißverstehen, aber so wenige wie Sie, die verstehen und helfen ...«

Bei der Weihnachtseinladung in der Wohnung der jungen Journalistin wurde Schwester Helene auch von einem Mann angesprochen, den sie nicht kannte, der aber im Mittelpunkt der Gesellschaft stand. Er fiel durch seinen Humor, seinen Esprit und seine guten Manieren auf. Auch seine Kleidung war nicht alltäglich. Ziemlich bunt für sein fortgeschrittenes Alter, fand Schwester Helene.

Doch als der Herr mit ihr sprach, bekam sie einen ganz anderen Eindruck von ihm. Er fragte sie nicht aus, war nicht nur an dem interessiert, was sie tat, sondern auch an ihr persönlich. Er wollte sie näher kennenlernen, weil sie ihn als Persönlichkeit faszinierte.

Sie begann etwas von seinem Beruf und seiner Stellung zu ahnen, als er sie darum bat, in seiner Schau aufzutreten.

Die anderen Journalisten beglückwünschten Schwester Helene dazu, aber auch den »Entertainer«, daß er so eine interessante Persönlichkeit gefunden hatte.

»Es ist nicht nur das«, erklärte der Mann von Welt. »Sie ist auch ein ganz besonderer Mensch.«

Beide verstanden sich sofort, und Schwester Helene war gerne bereit, mitzumachen, aber sie bat: »Ich möchte auch von dem erzählen, was ich tue.«

»Aber natürlich!« rief der interessante Herr aus. »Darum lade ich Sie doch ein.«

Später rief er an und bat sie, an seiner nächsten Sendung teilzunehmen.

Ich brauche die Schau nicht zu beschreiben, in der Schwester Helene auftrat. Fast jeder Deutsche kennt sie. Interessante Weltstars treten auf, kluge und unterhaltsame Gespräche finden statt. Es ist ein buntes Völkchen, das sich dort trifft. Der Showmaster versteht es immer, die Persönlichkeiten, die bei ihm auftreten, nicht nur als Stars, sondern auch als Menschen zu zeigen, indem er sie in eine freundliche Umgebung versetzt, in der sie sich so bewegen, wie sie möchten und auch das sagen, was ihnen auf der Seele liegt oder ihnen Freude macht.

Dieser Herr ist nicht nur ein Showmaster, sondern auch ein sehr gebildeter Mann, der sogar einen Doktortitel hat. Was war das für ein ungleiches Paar, als die beiden sich auf der Bühne des Wartesaales trafen: Schwester Helene in ihrer schlichten, dunklen Schwesterntracht mit dem weißen Häubchen, und er in gelben Schuhen, braunen Hosen, kariertem Jackett, einem bunten Hemd und Schlips. Zwei Welten schienen aufeinanderzuprallen, mal übertrieben gesagt: Showbusineß und Betsaal. Dabei waren beide in ihrem Metier Ausnahmen, große Ausnahmen.

Und noch zwei andere Welten trafen sich dort auf der Bühne: Er, der scharfe, kritische Denker, und sie, eine Frau mit einem einfachen, schlichten Glauben, den sie aber für andere überzeugend lebte.

Sie hatten ein gemeinsames Ziel: Jeder wollte Freude in das Leben von Menschen bringen, er durch seine Sendungen, Schwester Helene durch ihren Glauben und ihre Besuche. Darin verstanden sie sich, ohne große Worte zu machen, und dem Publikum fiel es gar nicht schwer, die beiden als ein interessantes und anregendes Paar zu sehen. Alle hörten gespannt zu und klatschten begeistert Beifall. So ganz nebenbei fragte der Entertainer Schwester Helene über ihre Weihnachtsfeier aus, und was sie wohl dort als Geschenke für die Besucher am nötigsten brauchte.

»Schuhe«, fiel ihr ein.

Der Showmaster nickte, und Schwester Helene vergaß es wieder. Seit dieser Schau sind die beiden gute Bekannte. Schwester Helene sagt: »Ich bete oft für ihn, denn er macht den Menschen soviel Freude.«

Weihnachtsvorbereitungen

»Hätten Sie etwas dagegen, meinen Wartesaal für Ihre Weihnachtsfeier zu nehmen?« wollte der Showmaster wissen.

Schwester Helene war so freudig überrascht, daß sie gar nicht darauf antworten konnte.

Er erklärte ihr: »Ich habe doch für meine Sendungen und einige andere Programme den alten, vornehmen Wartesaal im Kölner Hauptbahnhof gemietet. Weihnachten findet dort nichts von mir aus statt. Ich kann Ihnen den Wartesaal überlassen, wenn Sie wollen.«

Natürlich wollte Schwester Helene das. Im Alten Wartesaal war es gemütlich. Keiner würde dort frieren. Aber sie fürchtete sich vor der hohen Miete, die sie eventuell zahlen müßte. Er spürte an ihrer Zurückhaltung, daß sie so dachte, und beruhigte sie: »Natürlich stelle ich Ihnen den Wartesaal kostenlos zur Verfügung. Anschließend wird der auch von unserer Kolonne wieder hergerichtet. Es ist mir eine Freude, Ihnen und den Menschen, die dorthin kommen, ein wenig zu helfen.«

Schwester Helene war begeistert.

Als es auf Weihnachten zuging, hatte Schwester Helene viel vorzubereiten. Das mit der Überlassung des Saales war das wenigste. Der Showmaster stellte ihr alles zur Verfügung; er selbst sah bei den Vorbereitungen und bei der Feier kurz herein.

Auch die Bundesbahndirektion machte mit. Der Präsident sorgte dafür, daß es für Schwester Helene keine Hindernisse gab, und die Bahnpolizei hielt sich an den Abenden immer zurück, auch wenn sie Typen sah, denen sie schon lange Bahnhofsverbot gegeben hatte, wegen Schlägereien, Drogen oder Prostitution. Zu Schwester Helenes Weihnachtsfeier durfte jeder kommen.

Das ganze Jahr über sammelte sie Geld und Kleidung für die Feier. Frauenkreise nähten und strickten für die Bedürftigen und richteten Basare ein, deren Einkommen Schwester Helenes Arbeit unterstützten.

Auch von dem Pächter des Bahnhofsrestaurants bekam Schwester Helene jede Hilfe und konnte die Geräte und das Geschirr benutzen.

Es stellten sich genügend Männer und Frauen zur Verfügung, die bei der Bedienung der Gäste halfen und sich mit ihnen unterhielten, was sehr gewünscht wurde.

Wie jedes Jahr sollte auch diesmal ein Chor erscheinen, der sonst immer in der großen Bahnhofshalle sang. Es war immer ein Männerchor, damit die Frauen zu Hause den Heiligen Abend vorbereiten konnten. Meistens nahmen die Männer die Kinder mit.

Die frohe Botschaft kam mit dem Hubschrauber zur Heiligen Nacht

Schon vom Morgen an waren Schwester Helene und ihre Mitarbeiter dabeigewesen, alles für das Fest am Nachmittag und Abend herzurichten. Brote mußten geschmiert, Kuchen geschnitten und aufgebaut werden. Über die Tische wurden weiße Tücher gezogen, und auf jeden Platz ein bunter Teller gestellt, wie zu Hause. Der Saal wurde mit Weihnachtsdekoration geschmückt, die Techniker stellten die Anlagen ein, und Schwester Helene wurde im Gebrauch des empfindlichen Mikrofons unterrichtet.

Draußen vor dem Bahnhof dröhnte ein Posaunenchor und wünschte allen, die vorbeikamen, eine gesegnete Weihnacht. In der Halle sang ein Männerchor.

Eigentlich wollte Schwester Helene den Wartesaal so gegen siebzehn Uhr öffnen, doch als sich schon viele Menschen um fünfzehn Uhr vor der Tür drängten, ließ sie sie ein. In der Tür stand ein junger Mann, einer von Schwester Helenes Jungen aus dem Jugendhof, lud jeden ein, einzutreten, und wünschte ihm eine frohe Weihnacht. Jeder hatte den Eindruck, hier willkommen zu sein, nichts wurde kontrolliert.

Keiner brauchte mit dem Essen zu warten, bis es als Programmpunkt dran war und das Tischgebet gesprochen war. Wer sich an einen Tisch setzte, konnte essen, was vor ihm lag und angeboten wurde. Es wurde mehr angeboten, als gegessen werden konnte.

Frauen bewegten sich mit Kaffee-, Tee- und Kakaokannen durch den Saal. Auch Kinder waren mitgekommen. Eine von Schwester Helenes Frauen, die nur Weihnachten ihren Sohn zu sich einladen durfte, wegen des Gewerbes, das sie betrieb, stellte ihn stolz Schwester Helene vor und flüsterte ihr zu: »Er weiß nicht, was ich tue, er soll es auch nie erfahren.«

Programm gab es bei Schwester Helenes Weihnachtsfeier kaum. Die Gäste sollten sich wie in einer Familie fühlen. Die Geschenke lagen auf Tischen bereit, und jeder konnte sich selbst bedienen. Schwester Helene ging von Tisch zu Tisch und bemühte sich, mit jedem Gast ein Wort zu wechseln. Wenn es aber nötig war, konnte sie auch lange bei einer Person sitzen und zuhören.

Der Pächter des Bahnhofsrestaurants erschien von da an zu jeder Feier und nahm daran teil. Er sagte: »Hier ist die Heilige Nacht immer sinnvoller für mich als im festlichen Dom nebenan.«

Auch die Frau eines sehr hohen Kirchenbeamten, der vor einem Jahr ganz plötzlich gestorben war, kam in den Wartesaal. Sie schenkte Kaffee ein, vom frühen Nachmittag bis in die Nacht. Und zwischendurch setzte sie sich zu den Frauen, die ihr das Herz ausschütteten: »Hier vergesse ich mein Leid«, erzählte sie mir. »Hier kann ich anderen helfen und hocke nicht allein mit meiner Einsamkeit unter dem Weihnachtsbaum. Auch in einer trauten Familie kann man sehr allein sein.«

Obwohl Jürgen, der ehemalige Ladendieb, als Küster gerade Weihnachten sehr viel zu tun hatte und gleich schon der Kindergottesdienst begann, mußte er schnell noch einmal zum Bahnhof kommen, um wenigstens mit ein paar Handgriffen Schwester Helene zu helfen.

Er kam gerade recht. Vor die Tür hatte ein »Berber« sein Fahrrad geschoben. Er sah wie einer aus, den man nicht gerne zu einer Familienfeier einlud. Verfilzt und verdreckt, mit drei Mantelresten übereinander. Er stank so nach Fusel, daß sich sogar seine Berufs- und Trinkkollegen verwundert umsahen. Sein Rad hatte er mit einem Schlafsack und unzähligen vollgestopften und schon löchrigen Plastiktaschen überladen.

»Sie sind herzlich willkommen«, lud der Junge an der Tür ihn ein. »Aber das Fahrrad können Sie leider nicht mit hineinbringen, weil das die Feier stören würde.«

»Aber wenn ich das draußen lasse, dann klauen sie es«, weinte er fast.

»Kein Problem«, griff Jürgen, der Küster, ein. »Ich werde es hinter die Bühne stellen, da stört es keinen.« Und er trug das Fahrrad mit den Plastiktüten quer durch den feierlich mit Kerzen erleuchteten Saal.

Hinter dem Fahrradfahrer schob sich eine Kolonne von Männern her, die sich sonst nicht hineingetraut hätten, in ihren alten Mänteln, mit ihren aufgedunsenen Gesichtern und Plastiktaschen. Als Schwester Helene auf die angebrochenen Schnapsflaschen in den Taschen sah, versicherten sie ihr: »Also wir trinken hier nichts, oder ganz wenig, und wer sich danebenbenimmt, den schmeißen wir selbst raus.«

Am Kleiderberg hinten im Saal setzte das große Gewühle wie bei einem Schlußverkauf ein. Es gab auch einige Leute dort, die es gar nicht nötig hatten: Auch sie steckten sich einen Kleidersack voll und verschwanden.

»Fröhliche Weihnacht!« wünschte Schwester Helene ihnen, auch wenn sie sich mit frechem Gesicht oder etwas beschämt davontrollten. Der Junge an der Tür sah das natürlich auch alles, aber er ließ sie mit einer großmütigen Geste passieren.

Neben mir stand dann ein Filmregisseur, der mir erklärte, er würde hier Gesichter, Typen und Verhaltensanomalitäten sammeln, setzte aber schnell hinzu: »Aber es tut auch meiner Seele gut, hierzusein.« Er schreckte geradezu auf, als Josephine eintrat, die dunkelhäutige Schönheit und Bibelbotin vom Eros-Center. Sie hatte Kuchen und einen riesigen Strauß Rosen extra für Schwester Helene mitgebracht.

»Das verschlägt mir ja den Atem!« erklärte der Schönheits- und Glamourexperte mir. »Das ist ja eine Frau mit Idealmaßen, und wie sie sich bewegen kann! Sie erinnert mich in ihrer Vollkommenheit an Marilyn Monroe. Die besaß auch vollendete Körpermaße und wußte damit, oft auch unbewußt, umzugehen. Sie wollten sogar von ihren Füßen Gipsabdrücke nehmen, wegen der Vollkommenheit, wie sie kaum bei Menschen vorkommt.« Er betrachtete Josephine aus der Ferne. Nachdem ich mich später noch mit Josephine unterhalten hatte, fragte er mich: »Ich will ja nicht in deine Intimsphäre eindringen, aber worüber habt ihr euch unterhalten?«

»Du wirst es nicht glauben«, erklärte ich ihm, »über den Römerbrief aus der Bibel, den wir gemeinsam lesen.«

»Du bist ja ein ganz besonderer Genießer«, drückte er sich aus. »Du weißt auch das Leben zu nehmen, sehr barock.«

»Aber nicht so, wie du denkst«, entgegnete ich.

Nachdem die Chöre aufgetreten und nach Hause gefahren waren, bat mich Schwester Helene nach vorn, und ich erzählte den Zuhörern eine Weihnachtsgeschichte aus Ägypten, die eigentlich nichts direkt mit Weihnachten, aber mit Teilen und Mitteilen zu tun hatte. Alle hörten gespannt zu, und anschließend konnte ich mich mit vielen unterhalten.

Schwester Helene begrüßte immer wieder neue Gäste, ermunterte die schüchtern in der Tür Stehenden: »Kommt doch herein, es ist alles für euch bereit. Seht und schmeckt doch, wie freundlich der Herr ist.«

Im Toilettenbereich gab es einige Aufregung. Einer Frau aus der alten Bordellstraße war es schlecht geworden. Die Bahnhofspolizei wurde gerufen. Ganz dezent erschienen zwei Beamte mit den weißen Mützen unter dem Arm, leisteten der Frau erste Hilfe, trugen sie nach draußen und bezahlten das Taxi, mit dem sie und ihre Freundin nach Hause fahren wollten.

Plötzlich drang ein durchdringendes Hubschraubergeräusch in den Wartesaal hinein. Alle sahen erstaunt und erschrocken auf. Bestimmt ein schwerer Unfall in der Nähe, und so etwas am Heiligen Abend! Doch auf einmal verschwanden alle männlichen Helfer von Schwester Helene. An der Tür entstand Bewegung, Kartons aller Größen wurden auf die Bühne gestapelt. Der Showmaster schenkte Schwester Helene und ihren Gästen für 25 000 Mark Schuhe! Sie hatte es ganz vergessen, daß er sie bei ihrem Fernsehauftritt gefragt hatte, was sie sich für ihre Gäste wünsche, und sie »Schuhe« geantwortet hatte.

Nun hatte er sie einfliegen lassen. Über vierhundert Paar, denn der Schuhfabrikant war mit seinem Preis kräftig heruntergegangen. Der gewaltige Berg nahm den Gästen im Saal den Atem. Sie trauten sich erst gar nicht heran. Es wirkte wie aus dem Märchen vom Schlaraffenland auf sie.

»Kommt!« rief Schwester Helene und erzählte allen, wer ihnen die Schuhe geschenkt hatte. Ob der Showmaster bei der Ankunft zugegen war und dann schnell verschwand oder überhaupt nicht gekommen war, wußte Schwester Helene nicht. Als sie nach ihm suchen ließ, war er nicht zu finden.

Und dann fielen alle über den Berg her. Was für ein Jubel! Die meisten Gäste trugen zum ersten Mal in ihrem Leben warme und gute Schuhe.

Ein zweiter Berg stapelte sich im Saal, der aus abgetretenen, löcherigen, stinkenden Schuhen bestand, aus Fußlappen und zerfetzten Socken.

Der Chef der Wartesaalbetriebe schüttelte den Kopf: »Also, so einen Berg von Schuhen habe ich noch nie gesehen.«

»Hier ist Selbstbedienung!« rief ein Spaßvogel. »Aber ohne Kasse, wie wir sie uns schon immer gewünscht haben.«

Natürlich gab es nichts Extravagantes, so etwas, das Josephine während ihrer »Arbeit« tragen konnte, doch jeder würde mit warmen Schuhen über diesen strengen Winter kommen.

Modenschauen fanden statt. Die neuen Schuhe wurden von den Nachbarn bewundert. Fast jeder lief zu Schwester Helene, und sie mußte den Fund bewundern und wurde dafür gedrückt und geküßt. Und dann die große Polonaise. Einige trampelten mit den neuen Schuhen los, legten sich die Hände auf die Schultern, andere schlossen sich an, bis alle eine lange Schlange bildeten, auch der Showmaster, den Schwester Helene doch noch herangerufen hatte, weil er das sehen mußte.

Mit glänzenden Augen freuten sie sich und sangen wie in den Kindertagen »O du fröhliche, o du selige«. Dann tanzten sie durch den Saal und den ganzen Bahnhof. Mir liefen die Tränen herunter vor Freude.